KB069199

잇츠 마이 라이프 7

초판 1쇄 인쇄일 2022년 05월 13일 | **초판 1쇄 발행일** 2022년 05월 19일

지은이 초촌 | **펴낸이** 곽동현 | **담당편집 팀장** 이범수
편집부 정요한 조혜진

펴낸곳 (주)조은세상 | 출판등록 제2002-23호
주소 서울특별시 동작구 동작대로1길 27 5층
TEL 02)587-2966 | FAX 02)587-2922
E-mail bukdu@comics21c.co.kr

초촌©2022
ISBN 979-11-391-0728-9 | ISBN 979-11-391-0352-6(set)
값 8,000원

7

북두
(주)좋은세상

잇츠
IT'S MY LIFE
마이 라이프

초촌 현대판타지 장편소설

초촌 현대판타지 장편소설

MODOERN FANTASY STORY

CONTENTS

Chapter 48

"빠라라라라 밤바. 빠라라라라 밤바. 세르네씨티 우나 뽀
르까데 그라샤…… 뽀르띠 세레 뽀르띠 세레…….."

라밤바다.

원래는 귀를 콱 찌르는 기타 연주가 시작을 알려야 하지만.

단지 흉내 낸 목소리만도 충분했다. 약간의 반주는 덤.

한바탕 일을 치르고 나니 스트레스가 다 풀린다.

어떠냐고 쳐다봐 주니.

조용했다.

다들 입을 떡 벌린 채 나를 쳐다보고 있는데.

이날 이후 난 음악 신동이 됐고 음악 시간이 될 때마다 한 곡씩 연주해 줘야 하는 사람이 되었지만 괜찮았다.

Music is my life니까.

재밌는 건 이렇게 더 눈에 띄고 나니 나에 대한 평가가 조금씩 엇갈리기 시작했다는 점이다.

선생도 함부로 못 하는, 무슨 짓을 저지를지 모를 무서운 아이에서 엄청난 천재성을 지닌 아이로.

그 선두엔 교장 선생님이 서 계셨는데.

나와 대화를 나누는 시간이 늘어날수록 그는 날 천재로 불렀고 나중엔 교편을 잡은 지 30년 동안 너 같은 아이는 처음 본다는 고백까지 하였다.

그러니까 교장이 대놓고 칭찬하며 보물처럼 아껴야 한다고 주장하였다. 교내 회의 때마다.

과연 어떤 선생님이 나를 터부시할까.

수군거리고 삐딱하게 쳐다봤던 시선도 어느새 호기심 혹은 호감으로 변해 갔고 그만큼 나의 학교생활도 옳게 정착되어 갔다.

"이제 가 볼까?"

오늘은 페이트 4집 녹음이 있는 날.

가수들 섭외는 마쳤고 미리부터 곡을 받은 위대한 탄생의 연습도 마무리됐다. 이번에도 초청받은 마이클 볼트는 가족을 데려오면 안 되냐고 하여 네 식구 전부 퍼스트 클래스로 끊어 줬다.

가녹음만 하면 끝.

막 회사로 출발하려는데.

따르르르룽

전화가 왔다.

"여보세요?"

[장 총괄?]

"어! 대표님."

J&K의 강신오였다.

"대표님이 어쩐 일이세요?"

[아하하하하, 안부차 전화했습니다. 어떻게 나 없이도 한국은 잘 돌아갑니까?]

"삐걱대죠. 오셔서 본때 좀 보여 주셔야 하는데."

[하하하하하, 그런가요? 아이고, 벌써 2년이 다 돼 가네요. 장 총괄은 어떻게 키 좀 컸습니까?]

"예, 열심히 크고 있습니다. 서독은 어떤가요?"

[다들 잘 지냅니다. 한인회의 도움이 크고요. 나머진 향수가 좀 괴롭긴 한데 장 총괄의 도움이 아주 적절하게 작용하는 중입니다. 반기마다 보내 주는 먹거리가 아니었다면 나조차도 떠어갈 뻔했으니까요.]

"고생 많으세요."

[아니요. 엄청 보람되고 있어요. 지금 서독에서 파워스의 인기가 어떤지 아세요?]

"뜨고 있나요?"

[거의 돌풍이에요. 때마침 2공장이 완성되어 망정이지 물량도 못 맞출 뻔했어요. 바로 3공장 설립에 들어갔다니까요.]

"아아, 잘 통하나 보네요."

[맞아요. 장 총괄의 예견이 옳았습니다. 서독 10대들에겐 어느새 필수품이 되어 가고 있어요. 전략, 제품 모두가 들어맞았어요. 이제야 고백하는데 솔직히 암담했거든요. 미국의 바쿠스처럼.]

미국 수출로 반짝하던 바쿠스는 어느새 한인 마트에 가도 찾아보기 힘들 정도가 됐다.

사 먹을 이유가 없었으니까 팔 이유도 없잖나.

"잘 통했다 하시니 저도 감사해요. 모두가 대표님 덕입니다."

[아니요. 장 총괄이 아니었다면 여기에서도 실패했을 거요. 모든 게 다 옳았어요. 정말 이대로 가면 무슨 일이라도 생길 것 같습니다.]

"아직 시작이에요. 일단 연간 1억 캔을 목표로 달려 보죠."

[연간 1억 캔. 요즘엔 정말 그 숫자가 꿈이 아닐지도 모른다는 생각이 듭니다.]

"그럼요. 미국에도 생산 공장 만들어야 하고 아시아에도 구축해야죠. 그럼 연간 50억 캔도 모자랄지 몰라요."

[하아…… 역시 장 총괄은 쫙쫙 나가는군요. 이젠 나도 믿습니다.]

"팍팍 믿어 주세요. 우린 무조건 성공합니다."

[아 참, 그 성공에 도움될 만한 소식이 있습니다.]

"뭔가요?"

[서독, 프랑스, 룩셈부르크가 셍겐 조약을 승인했어요.]

"와우!"

셍겐 조약이었다.

미국과 아시아 태평양 경제 협력 기구에 밀리며 점점 쇠퇴하던 유럽이 현실을 직시하고 조각조각 나뉜 시장을 단일로 통합, 옛 영광의 재현을 위해 탄생시킨 전대미문의 조약.

수십 개 나라가 모인 밀집 지역에 단일 시장을 형성하려면 반드시 선결되어야 할 과제가 있었다.

사람과 물자의 이동이 자유로워야 한다는 것.

셍겐 조약은 이 점을 과감히 돌파, 국경 검문을 철폐하여 국가 간 이동을 자유롭게 하는 내용이었다.

6월 14일.

서독, 프랑스, 룩셈부르크가 가입하여 물꼬를 텄고 이후 벨기에, 네덜란드, 포르투갈, 스페인, 이탈리아 등등으로 번져 가며 유럽의 국제적 영향력 향상에 크게 이바지할 녀석이 드디어 시행됐다.

호재였다.

서독이나 오스트리아 정도에 한정됐던 파워스의 시장이 더욱 커졌다는 것.

이것저것 복잡하게 얽혔던 통관이 없어짐으로 어디든 갈 수 있었다.

물론 당장 우리가 할 일은 없었다. 일전에도 설명했듯 서독 마켓 시장은 핸들러가 주관한다.

내가 굳이 언급하지 않더라도 그들은 이미 셍겐 조약의 가능성을 알았을 테고 밑 작업에 돌입했을 것이다.

"아니구나. 우리도 급하게 해야 할 일이 있구나."

[예?]

"아, 아니, 혼잣말이요. 대표님, 빨리 움직여야겠는데요."

[역시 알아보는군요. 안 그래도 준비하는 중이었습니다. 4공장도 바로 건설에 돌입했어요.]

"그거로는 부족해요. 최소 6공장까지는 마련해 놔야 해요. 내년까지 최고 10공장은 완료해야 하고요."

[예?!]

"유럽이 움직이기 시작했어요. 핸들러로선 이 같은 기회가 또 없을 거예요. 더구나 파워스의 맛을 본 우리 핸들러들이라면 어떨까요? 다른 나라에 파워스의 광고를 때리는 순간 어떻게 될까요? 예측이 안 될 정도예요."

[…….]

"틀림없이 물량 부족이 일어날 거예요. 그때 돼서 지으면 늦어요. 지금 움직여야 해요. 최소 1억 캔은 수급할 수 있게 만들어 놔야 해요."

[……장 총괄은 어느새 거기까지 봤군요.]

"그뿐만이 아니에요. 우리는 유럽의 도약을 곧 파워스의 도약으로 봐야 해요. 이 기회를 놓쳐선 안 됩니다. 핸들러랑 상의해서 총력을 다해 밀어붙여야 합니다."

[어어……. 그렇다면 이거 상당히 급한 얘기군요. 좋습니다. 수익 전부를 설비 투자로 가겠습니다.]

"퀼른시와도 협조를 구해 보세요. 저리로 대출이 가능하면 받아 주시고요."

[대출이라. 으음, 이건 저 때문이군요. 제가 지분 때문에 부담스러울까 봐.]

"……."

[배려 고맙습니다. 대출 쪽도 알아볼 테니 걱정하지 마십시오. 퀼른시도 이제 우리를 향토 기업으로 보고 있으니까요.]

"제가 너무 나선 건 아니죠?"

[아닙니다. 누가 이런 얘기를 해 준답니까? 덕분에 저도 비전을 다시 세워 볼 수 있겠네요. 여러모로 고맙습니다.]

"제가 마음만 급해서. 죄송합니다."

[그런 말 마세요. J&K 임직원 모두 장 총괄의 혜안에 감사해하고 있어요. 또 의시하고요. 하하하하하, 오늘도 역시 한 수 배우고 갑니다. 그럼 바쁘게 움직여야 하니 이만 전화를

끊을까요?]

시계를 보니 1시가 다 되어 간다.

녹음 시간에 늦었다.

"예, 다음에 또 통화해요."

[아! 아버지에게 소식 좀 전해 주세요. 너무 걱정하지 말라고요. 제 말은 원체 안 믿어서요.]

"알겠습니다. 꼭 찾아뵙고 인사드리겠습니다."

[그럼 다음에 통화해요. 파이팅.]

끊자마자 서둘러 출발했다.

그래도 20분 지각.

모두 와 있었다.

"아이고, 죄송합니다. 처리할 일이 있어 조금 늦었습니다."

사과하며 둘러본 녹음실엔 반가운 사람도 있고 처음 보는 사람도 있었다.

민애경과 패틴 김, 마이클 볼트가 반가운 사람이었고 처음 보는 이들은 '인생은 미완성'으로 요즘 한창 주가를 높이고 있는 이진간과 나중에 '세월이 가면'을 부를 최호선이었다.

최호선은 뜻밖의 장소에서 찾았다.

그의 아버지가 대한민국 최초의 창작 뮤지컬 '살짜기 옵서예'를 작곡하고 뮤지컬계의 대부로 추앙받는 최창건이라는 걸 아는 사람은 적을 것이다. 남경은을 통해 인물을 물색하던 중 소개 소개로 알게 됐는데 형과 동생도 모두 유명한 작곡가로 이름 날릴 사람들이었다. 음악가 집안.

딜을 걸었고 콜이 떨어졌다.

체면 차릴 것 없이 바로 시작했다.

첫 곡은 La Bamba.

기타 독주로 시작하는 진짜 라밤바.

1960년 호랑이 담배 피우던 시절 발표된 곡이 지금 이 순간 대한민국의 한 녹음실에서 울려 퍼졌다.

라밤바는 기타 독주가 매력이었다. 허스키한 조용길의 음색과도 잘 어울렸다. 마치 조용길을 위해 만든 곡같이.

단숨에 녹음실을 휘어잡았고 분위기를 방방 띄웠다.

거슬리는 건 오직 하나.

멕시코식 스페인어 발음.

갸르르르르르르 하거나 '떼, 체'같이 혀를 튕기는 발음들이 멕시코스럽지 않은 것 외 나머진 손댈 부분이 없었다.

1987년 6백만 달러 저예산으로 제작되어 미국에서만 5천만 달러가 넘는 흥행을 기록한 대박작의 OST가, 리즈 시절의 루 다이아몬드 필립스가 눈앞에 서서히 그려지는 듯했다.

이 정도면 영화 제작사에서도 로스 로브스 버전이 아닌 조용길 버전으로 쓰지 않을까? 아니구나. 이젠 무조건 조용길 버전으로 써야 하는구나. 내가 샀으니까.

두 번째 곡도 역시 영화 La Bamba의 OST인 Donna였다.

라밤바를 사며 같이 딸려 온 곡으로 졸지에 천덕꾸러기 신세가 됐지만 절대 그리 취급받아선 안 될 곡이었다.

난 이 곡을 이번에 들어온 최성순에게 주었다.

이미 완성형인 최성순 특유의 촉촉하고 따스한 보컬이 멜로디에 젖어 들며 Donna스러운 분위기를 잘 살렸다.

세 번째는 람바다.

1981년 볼리비아의 한 민속 밴드가 발표한 곡으로 놔뒀다면 브라질의 어떤 여자 가수가 포르투갈어로 번안해 불렀을 테고 그걸 또 프랑스의 7인조 팝그룹 Kaoma가 리메이크하여 1990년 영화 람바다의 OST로 실리게 되었을 것이다. 그렇게 세계적으로 람바다 열풍을 일으켰겠지.

그 꼴은 도저히 두고 보지 못할 것 같아 부랴부랴 가져왔다.

민애경에게 줬다.

내가 기억하는 프랑스의 여자보다 훨씬 도발적이고 앙칼진 람바다가 나왔다. 스페인의 정열과 지중해 바다의 풍경, 동양의 신비가 섞인 람바다.

상상이 되나? 완전히 풀어헤친 민애경이.

민애경도 머뭇대지 않았다.

연기자처럼 내 요구에 응했고 가진 끼를 발산했다. 오늘을 기점으로 한국 복귀를 선언했고 오필승과 전속 계약을 맺었다.

네 번째는 페이트 1집에 넣으려다 빼 버린 I Will Always Love You였다.

이 곡은 본래 돌리 파튼이 1974년도에 포크 곡으로 발표하였는데 그때도 물론 인기가 있었지만 알다시피 소울 충만한 최강 휘트니 휴스턴을 만나며 포텐이 터진다.

대안은 인순희밖에 없었다.

이 한 곡을 위해 난 인순희를 지난 반년간 특훈시켰으며 고음으로 올라갈수록 뻗지 못하고 퍼지는 창법의 약점도 극복해 냈다.

물 만난 고기처럼 날아다니는 인순희에, 그녀의 강력한 보컬에 모인 모든 가수가 기립, 전율에 떨었고 환호했다.

인순희도 비로소 웃었다.

그나저나 보디가드가 언제 개봉했더라? 1992년인가?

다섯 번째는 Unchained Melody였다.

1955년도 발표된 할아버지의 할아버지격 곡으로 이미 수많은 가수가 리메이크했고 한국에서도 혼혈 가수인 박인준이 '오, 진아'라는 제목으로 활동했다.

본래 난 이 곡을 박인준에게 주려 했는데 TV 모니터링을 하다 우연히 발견한 이진간을 보고 마음을 바꿨다.

그의 따뜻한 음색이 Unchained Melody에 얹혀지자 시너지도 이런 시너지가 없었다.

폭풍 같은 인순희에도 절대 밀리지 않고 금세 분위기를 가져왔고 가늘고 긴 명주실이 처음부터 끝까지 이어지듯 한 번도 끊이지 않는 음감으로 보여 줬다.

아주 Nice.

그나저나 사랑과 영혼의 본제가 Ghost라던데.

이 곡이 뜨려면 그때까지 기다려야 하나?

여섯 번째는 Oh Pretty Woman이었다.

1964년에 발표된 로이 오비슨의 대표곡.

약속대로 조용길에게 줬다.

흥겨운 드럼 연주와 함께 단단하게 깔리는 베이스 기타의 선율이 여운처럼 남아 있던 Unchained Melody의 음울함을 단숨에 치워 버렸다.

경쾌했다.

영화 프리티 우먼도 1990년에 개봉한다.

우울한 삶을 사는 원작자 로이 오비슨에게는 안된 일이지만 Oh Pretty Woman은 조용길을 만나 새 생명을 얻었다. 이참에 영화 OST까지 싹 쓸어버렸으면 좋겠다.

일곱 번째는 When a Man Loves a Woman이었다.

가족들과 함께 온 마이클 볼트의 차례.

When a Man Loves a Woman는 1966년 발표된 퍼시 슬래지의 솔로 전향곡인데 당시에도 엄청난 인기를 끌었다.

하지만 산맥이 맥동하듯 대기에 파동이 퍼지듯 쏟아지는 마이클 볼트의 보컬은 가히 넘사벽이었고 시작부터 쩌리들은 저리 가라며 음색 깡패로서 존재감을 발휘했다. 팝이 어째서 서양인의 장르인지. 자신의 가치와 함께 입증했다.

How Am I Supposed To Live Without You 때만 해도 홀로 녹음했던 마이클 볼트였다.

같은 공간에 있어도 그다지 감이 없었는데 녹음실을 공연장처럼 만들어 버린 그의 파워에 모두가 혀를 내두르며 다가왔다.

한 곡 녹음에 2만 달러씩 받는 이유가 다른 데 있는 게 아닌 거다.

여덟 번째는 Creep이었다.

1993년도에 발표된 라디오헤드의 출세작이자 최대 히트작.

1972년 발표한 The Air That I Breath의 코드 진행과 멜로디 라인이 흡사하여 표절 시비를 겪었는데.

Creep의 작곡가인 톰 요크가 시원스럽게 참고했다고 인정하며 저작권을 나눈 사례가 됐다.

세계적 인기와는 달리 톰 요크는 Creep을 별로 좋아하지 않았다고 해서.

더 마음 편하게 가져왔다. 싫다면 내가 가져가지 뭐.

Creep은 최호선에게 넘겼다.

남경은의 소개로 한국 뮤지컬의 대부격인 최창건을 만났고 그가 자기 둘째 아들 최호선을 소개했다.

오디션에서 처음 만난 최호선은 테크니션이라.

'세월이 가면'에서의 담담하고 담백한 스타일이 아니었고 현란한 기술들을 부리며 어필했고 가성이 특히 좋았다.

그 가성에 꽂혀 Creep을 줬다.

그는 나를 실망시키지 않았고 라디오헤드의 색깔과는 조금 달라지긴 했어도 껄떡껄떡 넘어갈 때는 영락없이 톰 요크라 어디 내놔도 부끄럽지 않았다.

아홉 번째는 The Power of Love였다.

1983년 3월 발매한 앨범 Jennifer Rush의 10번째 트랙.

성악 기반의 하이디 스턴이 팝으로 전향하며 Jennifer Rush로 개명, 발표한 첫 앨범에 수록된 곡으로 1985년 싱글로 재발매하여 영국 차트 5주간 1위와 함께 유럽에 그녀의 이름을 알린 효자 곡이었다.

그러나 진짜는 1993년.

셀린 디온이 리메이크하며 전 세계적인 사랑을 받았다.

패틴 김에게 줬다. 셀린 디온보다 앙칼진 맛은 떨어지나 시대를 대표하는 대형 가수답게 훌륭히 소화해 냈다. 일전의

My Heart Will Go On보다 더 좋아한다.

나중에 자기 앨범에 번안해서 넣으면 안 되겠냐고 물을 정도로 만족해했다.

대망의 열 번째는 Right Here Waiting이 차지했다.

조용길 5집 10번 트랙에 '기다릴게요'란 제목으로 번안되어 발표한 곡이지만 본래 팝인 만큼 영어 버전으로 다시 넣어봤다.

조용길도 왠지 입에 더 달라붙는다며 좋아했고 앞으로 영어 버전으로 부르고 다녀야겠다며 혼잣말을 해댔다.

보다시피 이번 앨범의 컨셉은 리메이크였다.

제목도 페이트 4집 : remind.

주옥같은 명곡을 다시 불러 본다는 의미도 있고 하나같이 최정상에서 놀…… 자신 있게 꼽았다가 원곡자가 따로 있는 걸 보고 포기한 곡들을 되살렸다는 의미도 있었다.

열 곡의 상태를 모두 확인한 나는 일단 조용길의 발음 교정부터 들어갔다.

La Bamba 계통의 곡들은 본토에서 주는 발음이 나와야 맛이 산다.

다른 사람들에겐 일주일 후 지군레코드에서 만나기로 하고 조용길만 따로 연습에 들어갔나.

사흘간 뼈를 깎는 특훈을 하였고 만족한 결과물이 나오고 나서야 정식 녹음. 완결된 음원을 든 지군레코드 사장은 바로 일본으로 날아갔다.

마이클 볼트는 며칠 더 관광하다 환송받으며 가족과 돌아갔고 이번에 합류한 민애경은 매일 연습실로 나와 연습 삼매경에 빠졌다.

그런 와중 7월 콘서트 일정이 잡혔다.

15일이었는데.

소니 뮤직에서는 그에 맞춰 선봉장 La Bamba의 출전 시기를 조율했다.

늘 그랬듯 나는 여기에 일절 관여하지 않았다.

간간이 오는 김연의 보고만 들었고 학교생활에 열중했다.

그리고 1985년 상반기 정산 날이 왔다.

작년 계수까지 더한 신인들 전체 판매 차트가 주르륵 내려왔다.

수와 준 42만 장.

김현신 50만 장.

별국화 80만 장.

우신실 30만 장.

신영원 30만 장.

조용길 6집은 150만 장이라.

신인들에게 돌아간 돈만 최소 몇억씩.

살림이 폈다. 쫙쫙.

계산하기도 귀찮아 나는 페이트 앨범만 살폈다.

페이트 3집 상반기 판매고가 70만 장, 작년 계수까지 합하면 110만 장 판매였다.

페이트 2집에서 추가로 10만 장의 매출이 나왔고 1집에서도 10만 장 더 찍었다.

90만 장.

총 매출 45억에서 9억 + 29억이 내 몫이었다.

공교롭게도 조용길 6집 매출이 페이트와 동일했다. 45억. 여기에서 38억가량이 추가로 들어왔다.

76억에 기타로 들어온 수익까지 총 80억을 전부를 DG 인베스트에 넣었고 일본 부동산을 사 달라고 했다.

미국 뉴욕시 맨해튼.

"메간, 들었어?"

"뭘?"

"이번에 투자된 돈은 전부 일본 부동산에 넣으라던데. 그것도 도쿄에만."

"갑자기 웬 부동산?"

"몰라. 거기 넣으라넌네."

"이젠 부동산까지 한다고?"

"좀 그렇지?"

"부동산에 대해서도 공부해야 하는 거야?"

"나도 모르지."

"……."

"……."

"보스는 대체 무슨 생각이시지? 이슈도 없고 미동도 없는 일본에 돈 나오는 족족 투자하질 않나. 갑자기 부동산을 찾질 않나."

"나도 모르겠어. 기저귀 특허 같은 걸 가져오는 것도 이상하고."

"보스, 지금 한국에 계시지?"

"응."

"아무래도 전화해 봐야겠어."

"그래, 전화 좀 해 봐."

라일리의 성화에 메간이 전화기를 들었으나 내용은 매한가지였다.

일본 부동산을 사라. 도쿄의 것으로.

"닥치고 사라지?"

"응."

"사야겠네."

"응."

"근데 우린 괜찮나?"

"……뭐가?"

"모의투자 한다지만 계속 공부만 하는 거잖아. 벌써 1년째."

"그렇긴 하지."

"이대로 간다면야 큰 불만이 없긴 한데. 넌 어때?"

"나도 그렇긴 한데 뭔가……."

두 사람의 눈이 마주쳤다.

단둘밖에 없는 사무실.

고민이라고 해 봤자 같았다.

이대로 괜찮겠냐는 것.

딱히 건드리는 것도 없고 공부할 환경도 충실히 제공해 주는 것까진 좋은데.

뭔가 애매했다. 특히나 위가 보이지 않는다는 게 너무.

'위'라는 건 결국 비전이 아니겠나.

누굴 봐야 하고 무엇을 목표로 삼아야 하고 어떤 모습을 그려야 할지 도무지 모르겠다는 것이 제일 문제였다.

"처음엔 스타트업이라 그런 줄로만 알았는데."

"아니지?"

시간이 갈수록 정상적인 기업이 아니라는 걸 깨달았다.

정체가 모호한 기업.

보스가 있다 해도, 당분간 이렇게만 갈 거라는 걸 미리 고지했다 해도, 다른 건 다른 것이나.

이러다 망하기라도 한다면.

인생의 가장 중요한 시기를 경력조차 쌓지 못하고 망치는 건 아닌지.

페이라도 어설프면 단칼에 자르겠는데.

후해도 너무 후했다.

근무 환경도 선배들 커피 심부름에 사무실 청소에 기타 잔무에 시달릴 때인데도 해당 사항이 없었고 필요하다면 20년 이상 베테랑들에게 금융 강의도 받게 해 줬다.

다른 월스트리트의 금융인들이 시간에 쫓겨 샌드위치나 입에 달고 있을 때도 근사한 레스토랑에서 식사했고 퇴근 시간도 칼이다.

꿈의 직장이었다.

그러니까.

그래서 더 문제였다.

이 생활을 정말 계속할 수 있는 건지.

중간에서 끊긴다면 다른 금융인들처럼 돌아갈 수나 있는 건지.

실력은 늘고 있는 건지.

길은 제대로 가는 건지.

겁이 났다.

뭐라도 확답을 들으면 좋겠건만.

보스는 한결같이 기다리라고만 하였다.

"후우⋯⋯."

"일단 브로커부터 찾자."

"……응."

"가자. 일단 가 보자. 지금으로선 우리가 할 수 있는 게 없잖아."

"그……렇지?"

"메간, 나도 걱정되긴 하는데. 어떻게 하겠어? 보스 말대로 기다려 봐야지. 대충 버릴 카드였으면 일주일에 몇만 달러나 하는 비싼 교육 같은 건 시켜 주지 않았을 거야."

"그렇긴 하지……."

"그럼 일본 부동산 브로커 찾는다?"

"그래."

"힘내자. 근데 이번 게임은 누가 이겼지?"

"당연히 나지. 내가 0.05% 더 이익이 났어."

"뭐라고?! 그걸 네가 어떻게 알아?!"

"내가 네 보고서를 봤거든. 라일리, 아쉽게도 수당 1만 달러는 내 꺼야."

"메간!"

◇ ◆ ◇

7월 17일 세헌질 경축사에서 선두한은 평화적 정권 교체야말로 역사적 사명이라고 강조했다.

즉 자기 정권 내에서 개헌은 없을 거라는 걸 못 박은 것.

그러나 반향은 일전 이 일을 언급했던 노태운과는 전혀 달랐다.

당연했다.

일개 전국구 의원이 던지는 메시지와 대통령이 던지는 메시지가 어디 같을까.

그렇지 않아도 학생들의 조짐이 좋지 않을 때인데.

무슨 빌미를 주게 된 건지 전혀 개의치 않은 표정이라 보는 내가 더 안타까웠다.

역사는 결국 원래대로 흐를 모양.

신경 꺼 버린 나는 일본 콘서트에서 돌아온 이들에게 휴가부터 주었다.

한 달 후 헤쳐 모이기로 하고 그동안 난 방학마다 오는 김헌철과 피아노 연습하고 올 초부터 줄기차게 심어 댄 대나무 숲을 보러 잠실 공사 현장을 오갔다.

현장은 별것 없었다.

겨우 돌담이나 빙 둘렀고 또 겨우 토목 지반만 다져 놨을 뿐이다.

번거롭게 하기 싫어 백은호와 함께 눈팅만 하고 가려는데.

조형만이 멀리서 나를 발견하곤 달려왔다.

"아이고, 언제 오셨습니꺼."

"들켰네요."

"하하하하하, 고마 들켰심더."

"그냥 구경하러 왔어요. 실장님은 어떠세요?"

"이 과장이랑 돌아다니며 땅 좀 샀습니더. 서울 시내에 5백 평에서 1천 평 정도 자투리가 있으면 일단 사 놓으라 캐서 잡고 있습니더."

"그래요?"

"강북은 워낙에 꽉 차 쪼매 어렵고요. 강남에는 간혹 있어서 두 건 잡아 놨심더."

"어딘데요?"

"저기 일원동이라고 논밭 많은 데하고 매봉산 앞에 터가 비었대예. 거기 잡았습니더."

일원동이랑 매봉산 일대라.

알짜로만 먹었네.

"얼마 줬어요?"

"일원동 1천 평은 20만 원 줬고요. 매봉산 5백 평은 30만 원 줬습니더."

2억과 1억5천.

값도 좋다.

"잘하셨네요."

"홍 대표가 보통이 아닙니더. 가 보라는 데 가 보면 영락없습니더. 거기 말고도 나섯 군데당 더 흥정 중입니더."

"어딘데요?"

"압구정이랑 신사, 대치 이쪽입니더."

대박인 땅만 찍었다.

알아서 잘해 보라고 밀어줬더니 하늘을 날아다니는 중.

홍주명, 이 할아버지 보통이 아니었다.

"마음에 드네요."

"진짜입니꺼?"

"더 날뛰어도 된다고 전해 주세요."

"예! 알겠심더. 감사합니더."

대답은 마쳤는데.

조형만은 용건이 더 있는지 미적댔다.

"할 말 있어요?"

"저 그게…… 으음, 우린 계속 부동산만 돌아야 합니꺼?"

"예?"

"총괄님이 대외 사업부 실장으로 앉혀 주셔가 명함은 그럴
듯한데 계속 이대로 가는 게 맞는지 쪼매 고민스럽습니더."

"……."

말을 듣고 보니 그렇긴 했다.

포지션이 애매하였다.

오필승 엔터테인먼트에 소속돼 있으면서 음반 쪽 일은 아
니고 몇 년 내내 부동산만 파고 다녔다.

이상훈 과장도 그럴 것이다. 시켜서 하긴 하는데 이게 맞
는지 고개를 갸웃댈 때가 됐다.

나도 돌리지 않고 직접적으로 물어봤다.

"혹시 음반 쪽 일 하고 싶으세요?"

"아입니다. 부동산이 재밌습니다."

"그럼 혹시 대길 건설로 들어가고 싶으신 건가요?"

"……예. 아무래도 음반 쪽이랑은 영 멀어진 것 같아서."

"부동산 쪽이 괜찮아 보이세요?"

"파면 팔수록 돈 되겠다는 생각만 듭니다. 여기저기 돌아다니는 것도 적성에 맞고요."

"이상훈 과장도 같은 뜻이고요?"

"예, 상훈이도 이참에 제대로 해 보고 싶어 합니다."

초반 의도와는 비슷하게 맞아 갔다.

이들의 부동산력을 높이는 것.

그래서 오필승의 부동산을 더 강하게 만드는 것이었는데.

내가 대길 건설을 세우는 바람에 차질이 생겼다.

일이 중복됐고 이들보다 더한 전문가가 합류했다.

"대길 건설로 가면 홍 대표의 지시를 받아야 하는데 괜찮겠어요?"

"하모요. 안 그래도 지시받고 다니는 중입니다. 많이 배우고요."

서열 정리도 마친 모양.

"알았어요. 홍 대표랑 도 실장이랑 상의해서 대길 건설로 옮겨 줄게요."

"죄송합니더."

"뭐가 죄송해요. 더 늦었으면 더 헷갈릴 뻔했잖아요. 앞으로도 필요한 게 있으면 재각재각 말씀해 주세요. 제가 실장님을 각별히 생각하는 거 알죠?"

"하이고, 압니더. 잘 알고 있습니더. 그걸 아는 놈이 자꾸 실망시켜 드리는 것 같아서."

"그런 말씀 마세요. 아무것도 없이 저만 믿고 대구에서 올라오셨잖아요. 제가 책임지는 게 당연하죠."

"감사합니더. 진짜로 이 조형만이가 목숨 바쳐 충성하겠습니더."

연신 허리를 굽히는데.

부동산 공부를 핑계로 너무 오래 방치했다는 생각이 들었다.

미안하게.

그러다 또 저 멀리 미국의 당돌한 두 사람이 떠올랐다.

"메간이랑 라일리라고 했지? 걔들은 불만이 없으려나?"

날 만나고 직접 겪어 본 조형만도 이럴진대 그네들은 어쩔까?

집으로 가자마자 정홍식에게 전화 넣었다.

"예, 저예요."

[말씀하십시오.]

"다른 게 아니라 DG 인베스트 직원들은 좀 어떻나요?"

[으음…… 어떤 뜻으로 말씀하시는 거죠?]

"문제가 있는지 궁금해서요. 거의 방치 상태로 두는 것 같기도 하고."

[그 말씀이라면 외견상……은 문제없어 보이지만 느낌상 흔들리는 것 같긴 합니다.]

"느낌상이라면요?"

[생각이 많아 보인달까요?]

"달라서인가요?"

[아무래도 적응이 쉽지는 않을 겁니다. 단둘만 있는 데다가 자못 유령 회사 같기도 하면서도 돈은 도는 것 같고. 무엇보다 이끌어 줄 사람의 부재가 크니까요.]

"……."

[혹시 무슨 일 있으십니까?]

"그건 아니고요. 문득 생각이 나서요. 그 사람들 지금쯤이면 헷갈리지 않을까 하고요."

[제가 미국에 가 볼까요?]

"아니에요. 이런다고 떨어져 나가면 자기 복이죠. 인내는 파이낸서에게도 중요한 덕목 아닌가요?"

[맞습니다.]

"당분간은 더 내버려 둬 보죠. 나간다면 할 수 없지만 나가지 않는다면 그들도 백만장자 대열에 낄 테니까."

[알겠습니다. 다른 일은 없으십니까?]

"없어요. 그럼 쉬세요."

[예, 들어가겠습니다.]

Chapter 49

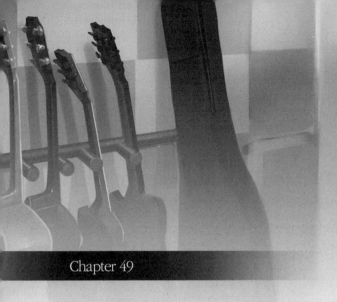

Chapter 49

모두가 휴가 중에도 매일 나와 연습하는 가수들이 있었다.

주로 연습생들이 그랬는데.

대표적으로 김완서와 장혜린이었다.

물론 밴드를 꾸린 김현신과 봄여름가을겨운도 간혹 들렀고 신촌에서 카프카로 옮긴 신촌블루도 별일 없으면 회사에서 노는 건 마찬가지였다.

그중 단연 열기를 띤 건 민애경이었는데.

그녀는 쉬고 싶은 생각이 전혀 없었다.

여태 쉬고 또 무슨 휴가냐고 자긴 쉰 만큼 더 열심히 해야 한다며 제일 먼저 출근했고 제일 늦게까지 김연이 마련해 놓은 매력 증강 프로그램을 수행하며 극성을 떨었다. 덕분에 우리 연습생들까지 덩달아 불타올라 실력이 쑥쑥 늘어 갔다.

그러던 어느 날 민애경이 얌전하게 생긴 남자를 한 명 데려왔다.

"총괄님, 이 사람 곡 좀 들어 봐 주세요."

뭔가 했다.

녹음한 테이프를 들어 보니 '사랑은 이제 그만'이다.

남자를 다시 봤다.

이 사람이 곡의 작곡가였던가?

이름이 이세근이란다.

웃긴 건 이 사람이 작년 말부터 올 초까지 공전의 히트를 기록한 'J에게'의 작곡가라는 것.

집안의 반대에도 음악을 하고 싶었던 고삐리 이선이가 어떤 음악 사무실에 찾아갔다가 실의에 빠진 한 작곡가가 자기 악보를 쓰레기통에 버리는 걸 보고 당돌하게도 '이거 제가 불러도 돼요?'라고 물은 게 전설의 시작이었다고.

이 얄상한 양반이 그 작곡가란다.

쩐 무명.

그러나 작곡 실력은 좋았다.

내친김에 민애경을 도맡아 앨범 하나 만들어 볼 테냐? 했더니 얼씨구나 감사해한다.

그러곤 보름도 안 돼 열 곡을 채워 왔다.

열정맨.

작사에도 재능이 있는지 가져온 아홉 곡 중 여섯 곡이 완성 돼 있었다. 나머지 한 곡은 나도 익히 들어 본 곡이라.

"이건!"

"맞아요. 정주 아저씨 곡이에요. 아저씨가 급행열차 시절에 낸 곡이요."

민애경이 거든다.

그나저나

"정주 아저씨요?"

"김정주와 급행열차 모르세요? 83년도에 낸 앨범인데."

김정주는 안다.

'당신', '내 마음 당신 곁으로'를 부른 가수.

그 양반이 소싯적에 헤비메탈 쪽을 기웃거렸다는 얘기는 들었는데 자세한 건 몰랐다.

"김정주 씨를 아세요?"

"알죠. 일본에 있을 때 서로 의지했는데요. 제가 일본에 있을 때 그 아저씨도 일본에 있었거든요."

"아아."

이게 또 이렇게 연결되나?

"그럼 그분은 지금 일본에 계셔요?"

"아니요. 귀국했고요. 솔로 준비하고 계세요."

솔로 준비.

백수라는 것.

일이 딱딱 맞아떨어지는 기분이 들었다.

'당신'으로 90년대 초를 풍미한 중절모 아저씨와 연이 닿다니.

한창 왕성하게 활동할 시기에 안타깝게도 위암 판정을 받고 필리핀으로 이주, 이후 재능 기부하며 살게 된다지만 날 만났으니 문제없었다.

하루빨리 건강검진 서비스도 만들어야 하는데.

"모시고 오세요. 실력이 좋으면 노래 부를 기회를 줄게요."

"정말요?!"

"일본에서 헤매다 오셨으면 생활고가 이만저만이 아닐 거잖아요. 누나를 도와줬는데 나도 도와 드려야죠."

"어머, 정말요?! 감사해요. 감사해요. 내가 이럴 게 아니지. 아저씨에게 전화해야지."

얼른 나간 민애경은 가뜩이나 큰 입이 크게 찢어져서 웃어댔고 1시간도 안 돼 중절모를 쓰지 않은 김정주가 회사에 도착했다.

가타부타 볼 것도 없이 노래부터 불러보라 하였고 식스맨들 불러다 반주도 해 줬다.

확실히 매력적이었다.

창공의 매처럼 낚아채는 마력이라.

걸리는 건 오직 평범한 외모뿐. 그마저도 정장에 중절모를 씌우면 되니 끝.

바로 계약하자.

이 시점, 이 사람에게 어떤 곡이 어울릴까. 어떤 장르를 줘야 이 사람의 매력을 극대화시킬까.

당장 생각나는 게 없어 카프카에 내려보냈다.

"자, 시작해 볼까요?"

새 식구도 맞았고 기분 좋게 민애경의 정식 5집이자 귀국 앨범 1집인 곡 작업을 도왔다.

특히 '사랑은 이제 그만'은 아주 세심하게 다가갔는데.

도입부의 어설픈 연주는 빼고 멜로디에 집중한 편곡을 해줬다.

리즈 시절의 민애경은 가까이 있는 것만도 떨릴 만큼 활기차고 예뻤다. 이 같은 매력을 난 고스란히 시청자들에게 전해줄 의무가 있었다. 그녀도 또한 음의 끝처리가 김정주와 같이 낚아채는 마력이 있었고 그걸 최대한 부각하는 쪽으로 발전시켰다.

들어 볼수록 확신이 들었다. 민애경의 최대 매력은 앙칼지게 내지르는 고음이 아닌 끝처리의 낚아챔과 락을 해도 무방할 발성이었다.

민애경도 지정한 방향성이 마음에 드는지 시간이 갈수록 얼굴에서 조급함이 사라져 갔다.

웃음을 되찾은 그녀다.

사랑받을 자격이 넘치고도 넘쳤다.

"좋아요. 이대로 두 달만 더 완숙하게 가 보죠. 앨범은 올 말로 기획할게요."

그사이 뜨거웠던 8월이 지나고 개학일이 다가왔다.

2학기 되면 바뀔 줄 알았던 담임은 여전히 교장 선생님이 맡았고 1학년 때 연태자 선생님이 그랬던 것처럼 대뜸 날 반장에 앉혔다.

우리 아티스트들도 교장 선생님처럼 만만찮기는 마찬가지였다.

쉬라고 보냈더니 자기들끼리 특훈이나 하고 다니고.

이영운과 이문셈은 더운 8월을 늘 한 몸처럼 붙어 다녔다고 한다. 김현신과 봄여름가을겨운, 별국화도 그들 못지않게 열심.

딱 하나 좋지 않은 소식이 하나 들렸다.

"뭐라고요?"

"독립하겠답니다."

김현신 3집이 거의 완성될 즈음 유재아가 독립 선언을 했다. 자기만의 음악 세계를 열고 싶다나 뭐라나.

다 된 밥에 재 뿌리는 짓이라 김연까지 달라붙어 말렸지만 소용없었다. 결국 계약 해지까지 갔고 그는 오필승을 떠난 첫 케이스가 됐다.

김현신의 멘탈이 흔들린 건 덤.

아내 김경희가 붙어 다니며 케어하지 않았다면 다시 손에 술을 댔을 테고 엉망진창이 됐을 것이다. 후임으로 박선식이 합류, 결국 빛과 소금물만 외양을 갖추게 됐다. 앨범 발매는 내년 1월로 연기.

별국화는 별개로 하나둘 멤버를 보강하더니 6인조가 됐다. 누구 보란 듯 '우리는 하나'를 외쳐 댔고 앨범의 색깔도 '전체'를 강조하는 쪽으로 흘러갔다. 잘하는 건지…….

그렇게 9월 22일.

세계사적으로 획을 긋는 사건이 하나 벌어졌다. 한국에서는 제1회 공인 중개사 시험이 치러졌는데 당연히 세계사적 사건과는 상관이 없고 저 멀리 미국, 뉴욕에 위치한 플라자호텔에서 G5 국가 재무장관들이 쑥덕하여 달러화 가치를 40% 떨어뜨리는 협약을 체결해 버렸다.

기하급수적으로 커지는 대일본 무역 적자를 만회하기 위한 조치였다.

이때의 일본은 역사 이래 이런 시절이 또 없을 만큼 호황의 대호황을 걷던 시기라.

일본이면 안 될 게 없다는 오만이 정점을 찌를 때였다.

"곧 죽을 줄도 모르고 흥청망청이구나."

너무 나댄 것이다.

감히 미국 땅을 다 사 버린다는 헛소리나 지껄이고 세계를 상대로도 너희가 우리 물건 없이 버틸 수 있겠냐는 안하무인 격 행동을 했다.

결국 눈 밖에 난 것.

일본은 이렇게 미국의 눈 밖에 나면 어떤 꼴을 당하는지 제대로 보여 주는 사례가 되어 줬다.

"교만에는 답이 없지."

소련이 강성할 때도 미국은 막강했다.

자유 진영의 수호자로서 또 수많은 군사 경제 협력의 수장으로서 세계를 아우르는 지배권을 행사하였다.

1991년 12월 소련의 해체 이후엔 명실상부 지구상 유일의 패권국가가 된다.

2000년대에 들어서도 같았다. 세계 최고의 수입국이자 소모국으로서 미국 없이는 세계 경제가 돌아가질 않았다.

이럴진대.

일본은 정신 못 차리고 미국의 자존심인 엠파이어 스테이트 빌딩이랑 록펠러 센터를 사들이는 난리를 피워 댔다.

그걸 지켜보는데.

문득 2018년부터 벌어지는 미국과 중국의 무역전쟁이 떠올랐다.

비슷한 맥락이었다.

샴페인을 너무 빨리 터트린 것.

중국 혼자 신나서 몇 년까지 미국을 잡고 세계 1위 국가가될 거라고 만방에 떠들며 가뜩이나 석유에 예민한 미국 앞에서 유가 선물 시장을 열고는 위안화로 결제하게 만들었다. 중동이 탈(脫)달러를 꾸미다 개박살 난 건 생각지도 않고.

괘씸죄로 툭 던져진 관세 폭탄에 깨갱 우느라 온 세계가 다 시끄러웠던 걸 나는 똑똑히 봤다.

"진상도 이런 진상이 없었지."

제2차 세계대전 이후 공고해진 미국의 지배력은 한 방면의 최고로는 엉길 생각조차 말아야 했다.

미국이란 나라를 떠받치는 근간은 달러, 수입, 국방력이었다.

그러니까.

기축 통화인 달러를 개별 국가가 무슨 수로 깨부술 것이며,

세계 유통망의 흐름조차 변화시킬 거대하고도 무쌍한 수입액을 무슨 수로 감당할 것이며,

국방력은 더 말해 뭐 할까.

유럽조차 EU를 결성하고서야 겨우 자기 목소리를 내는 수준인데.

일본, 중국이 뭐라고.

"어쨌든 플라자 합의가 이뤄졌으니."

그 합의대로 달러화는 가치가 폭락했고 반면, 250엔에 10달러 수준이던 엔화가 130엔, 120엔으로 마구 치솟았다.

"100달러면 사던 워크맨이 한 달 사이에 200달러가 된 거지."

엔화 가치 상승은 일본 공산품 가격의 상승으로 이어졌다.

수출로 먹고사는 나라에 2배 가격 상승이 떨어진 것.

그제야 앗 뜨거! 한 일본 경세성이 대책이라고 내놓은 것이 금리를 2%대로 낮추며 저성장 시대를 대비한 것인데.

이는 하나만 알고 둘은 모르는 처사였다.

본디 금리가 낮아진다는 건 기업에만 이득이고 가계에는 아무런 도움이 못 된다.

자고 일어나면 금리가 떨어지는데 누가 은행에 저축할까.

"기업들은 다르지."

이자 부담이 준 기업들은 눈이 돌아 더 많은 대출을 일으켰다. 그 알토란 같은, 세계의 머니 공격에 대비해야 했던 자금이 설비 투자나 수출 경쟁력 강화로 이어지지 않고 땅에 파묻혔다.

때는 바야흐로 엔화 강세 시절이라.

신나게 수출해 봐야 본전도 못 뽑고 땅값은 하루가 갈수록 치솟는다.

가계고 기업이고 전부 돈을 내부로 휘돌렸다.

일본의 금리 인하 정책은 그렇지 않아도 난리 중이던 부동산 시장에 폭탄을 떨어뜨렸고 나라 전체를 망조로 가는 직행열차에 올려 태웠다.

그러나 진짜 문제는 이게 끝이 아니라는 것.

"이게 찐이지."

리틀보이 두 방에 항복하고 패망의 길을 걸었던 일본이 한국 전쟁으로 기사회생했듯, 그런 한국이 베트남 전쟁으로 숨통이 트였듯, 남의 불행은 곧 주변국엔 기회였다.

현재는 부동산이 치솟고 주식은 말도 안 되는 속도로 날아오른다지만 머지않아 꺾이는 날이 올 것이다.

그날을 기약하는 이들이 있었다.

그날이 오면 그들은 이빨을 드러내며 한껏 살찐 일본을 뜯어먹겠지.

당연히 내가 할 일은 따로 없었다.

조용히 눈치나 보다가 늑대들이 몰려오기 전에 내 먹을 것만 챙기면 된다.

버는 족족 일본에 몰빵하는 건 그 이유에서였다.

"그래, 진짜 게임은 이제부터지."

세상이 이렇게 살벌하게 돌아가고 있을 때 한국은 아무것도 모르고 연일 시위와 시위에 대한 억압만 계속했다.

이번 이슈는 10월에 서울에서 예정된 세계은행(IBRD)·국제통화기금(IMF) 총회였다.

10월 8일부터 11일까지 서울 힐튼 호텔에서 개최된…… 가맹국 148개국 재무 장관을 비롯, 대표단 3200여 명 참석에, 리셉션만 370여 회에 달하는 초호화판 행사가 시작된다. 취재 기자들마저도 총회 개최국이 누리는 실익은 별로 없고 예산 낭비에 불과하다 혀를 내두른 멍청한 국제회의를 우리가 연단다.

셈에 정확한 학생들은 당연히 두고 보지 않았다.

민청련이 이 회의의 본질을 폭로하는 자료집 'IMF·IBRD

서울 총회와 민중 민주화 운동'을 발간, 전단과 스티커를 살포하기 시작했고 민통련 등 28개 민주화 운동 단체와 더불어 공동 성명서를 발표, 거리 시위를 감행했다.

이에 발맞춰 서울 지역 12개 대학생 2,500명과 지방 5개 대학생 900여 명, 전학련 남부 지역 평의회 소속 대학생 800여 명이 외채 정권을 규탄하며 교내외에서 시위를 벌였다.

일이 심상치 않게 돌아가자 위에서 내리꽂은 질책이란 질책은 다 받고 체면이 잔뜩 상한 경찰은 모든 병력을 동원, 삼엄한 경계령 내렸다.

그러나 그러든 말든 횃불을 든 고려대 재학생들이 이태원 거리를 뛰어다녔고 전학련은 보란 듯이 IMF-IBRD '미국의 경제 침략 규탄과 외채 정권 타도를 위한 범민중 궐기 대회'를 개최했다. 민청련은 개헌 투쟁까지 의제로 꺼내며 멍청한 경찰의 따귀를 때렸다.

그러던 중 심각한 사건이 하나 터졌다.

가뜩이나 뜨겁게 달아오른 판에 수배 중이던 서울대생 우종언 군의 변사체가 경부선 철로 변에서 발견된 것.

분노한 시위는 이전까지와는 전혀 다른 양상으로 번져 갔다.

진상 조사와 함께 관련자의 처벌을 요구하며 화염 방사기급 불똥이 경찰로 쏟아졌다.

지기 싫었던 경찰은 민통련 등 25개 재야 민주 단체 간부들과 학생들을 가택 연금하는 초강수를 두었다.

"일이 심상찮다. 경찰은 뭐 한다 카던데?"

"틀어막긴 하는데. 역부족인 것 같습니다."

"청와대는?"

"강경론입니다."

"미친 것들."

노태운의 한숨에 신 비서는 조용히 고개를 숙였다.

"세상이 달라진 걸 모르나."

"……."

"총칼 들이대는 거로 끝날 일이 아니란 걸 왜 몰라. 문디 자
슥들이."

"……."

"신 비서야."

"예."

"잘 지켜보거라. 여차하믄 우리도 목이 날아간다."

"알겠습니다."

"아, 그러고. 대운이는 요새 우째 지내노?"

"별 탈 없습니다. 학교에서도 괜찮고 일도 잘 돌아가고 있
습니다."

"요새도 일본에서 많이 팔아 묵나?"

"페이트의 인기는 상상 초월입니다. 7월에 열린 NHK 콘서
드에 들어온 인원만도 4만이라고 들었습니다."

"허어…… 그래 많이 왔나?"

"거리 곳곳마다 페이트 노래가 안 나오는 곳이 없습니다. 일본 청년들 많은 수가 페이트에 열광하고 그들 중에는 페이트를 우상화하는 이들도 적지 않게 나타난답니다. 더구나 남녀노소 세대를 아우르는 인기라 싫어하는 사람이 거의 없습니다."

"그 정도가?"

"예."

"문화 대통령 한다더니. 이런 거였나? 후우~ 역시 그놈밖에 없다. 진짜 애국자는."

"모처럼 만나 보시겠습니까?"

"……아이다. 놔둬라. 이제는 만날라믄 여간 거추장스러운 게 아이다."

"……."

"잘만 봐주거라. 내는 궁금할 뿐이고. 가가 커서 또 무슨 일을 할 수 있는지 말이다."

"명심하겠습니다."

"오야. 오야."

연일 계속되는 시위와 그 결과물에 어둡던 노태운의 표정이 비로소 밝아지자 신 비서도 미소 지었다.

그런 노태운을 보며 몰래 무언가 다짐하는 신 비서였다.

"이대로 가시죠."

"정말입니까?"

"딱 좋아요. 통과."

승낙이 떨어지자 이문셈, 이영운 콤비가 환호를 질렀다.

중간중간 내가 들어가 양념을 쳐 줬다지만 근 반년을 둘이서 붙어 다니며 이룩한 결과물이 인정받으니 얼마나 좋을까.

얼싸안고 난리였다.

이문셈 3집이 완성됐다. 원역사와 다를 바 없는 시기에 좋은 곡들로만 아주 알차게.

나는 즉시 지군레코드에 스케줄을 잡고 필요한 것을 김연에게 알렸다.

"살짝 힘을 더 줬으면 좋겠어요."

"어떤 식으로 말입니까?"

"기본 외 오케스트라를 포함하는 게 어떨까요?"

"으음, 사운드 말씀이시군요."

"사운드의 섬세함이 중요한 앨범이에요."

"알겠습니다. 필요한 모든 것을 동원해 보죠."

이문셈 3집은 어쩌면 대한민국 팝 발라드의 효시일지도 몰랐다.

'난 아직 모르잖아요', '휘파람', '소녀'로 일컬어지는 이문셈 표 발라드기 비로소 내중 앞에 선보이는데 어찌 평범하게 다가갈까. 아 참, 이 앨범에도 뛰쳐나간 유재아의 곡이 있었다.

'그대와 영원히'라고. 하여튼 이 양반도 안 끼는 데가 없다.

"시기도 좋아요. 때는 바야흐로 낙엽이 지고 차가워지는 공기에 옷깃을 여미는, 왠지 쓸쓸하고 고독이 묻어지는 계절이라."

"그렇군요."

내 말대로 이문셈의 앨범은 발매함과 동시에 이렇다 할 마케팅 없이도 금세 입소문을 탔다. 신드롬이라도 일으킨 듯 전국적으로 퍼져 나갔다. 누가 바람이라도 불어 주는 것처럼 가히 폭발적.

입이 찢어진 지군레코드 사장은 단숨에 50만 장 증판을 요구하였고 달려와 뻐꾸기를 날렸다.

"내가 잘될 줄 알았어. 그놈이 언젠가 한 번은 터트릴 줄 알았다니까."

"예, 예."

맨날 저런 놈한테 1억이나 썼냐고 손가락질해 놓고.

"하하하하, 어때? 이런 식이라면 1백만 장도 나올 것 같은데. 조용길 외 한 명 더 밀리언 셀러가 생기잖아."

"별생각 없어요."

"하긴 페이트에게 1백만 장은 일상이지. 그나저나 애들 다 대운이 네가 다 찾아낸 거라며?"

그러고 보니 지군레코드 사장은 서라빌 레코드와 각별하였다.

왠지 찔리기도 하고 나도 조심스러웠다. 한마디라도 잘못

꺼내면 개똥이 될 테니.

"페이트 앨범에 쓸까 해서 데려왔는데 보면 볼수록 아깝잖아요. 재능을 못 발휘하는 것 같고. 어울리는 작곡가로 찾아줬죠."

"하긴…… 누가 네 눈을 따라가겠냐. 처음엔 1억이나 주고 데려왔다길래 뭔 일이 있나 했는데. 결국 네가 다 만든 거네."

"저도 이 정도로 성공할 줄은 몰랐어요. 문셈이 형 스타일을 살리려고 노력했을 뿐인데 어쩌다 통한 거죠."

"괜찮아. 서라빌에게 미안할 거 없어. 걔들은 두 번이나 했는데도 못 띄웠잖아."

"그래도 신경 쓰이죠."

"그렇게 따지면 한 번 들어간 소속사에서 다 해야 하게? 원래 이쪽은 줍는 놈이 임자야. 하나도 미안할 거 없어."

"……."

"하여튼 우리 대운이는 쓸데없이 착해. 하하하하하하."

할 말 다 마친 지군레코드 사장은 내 어깨를 두드리더니 가려 했다.

얼른 잡았다.

"가시게요?"

"가야지. 또 뭐 있어?"

"있죠."

"뭔데?"

"민애경 귀국 1집이요. 곧 나와요."

"오오~ 민애경이가 드디어 부활하는 건가?"

"요새 꽃이 폈어요."

활짝.

"그 정도야?"

"언제 녹음하면 돼요?"

"그야…… 잠깐만."

전화기를 붙잡고 일정을 파악한 지군레코드 사장은 고개를 끄덕인 후 알려 줬다.

"일주일이면 될 거 같은데. 요새 우리 스튜디오에서 녹음하겠다는 애들이 많아져서."

24채널 스튜디오는 오직 지군레코드 한 곳뿐이라 인기가 많았다.

"괜찮네요. 준비시키기에도 딱 좋은 시간이에요."

"근데 이렇게 연달아 내도 돼?"

이문셈 앨범과 상충되지 않느냐는 것이다.

"상관없어요. 전혀 다른 방향성이라."

"민애경이도 경쟁력이 있는 모양이야."

"1위 놓고 경합할 정도는 되겠죠."

"오오, 그래? 이거 너무 다 가져가는 거 아냐?"

"에이, 사장님도 이선이랑 김범녕으로 재미 보셨으면서."

욕심쟁이.

"하하하하하, 그놈들도 다 니 덕이긴 하다야. 아주 예쁜 놈들이야. 그런데 이번 강변 가요제 애들. 정말 쓸 만한 애가 없어?"

이선이의 대박 이후 강변 가요제는 신인들의 등용문으로서 완전히 자리 잡았다.

상 받았다 싶으면 기획사들이 눈이 벌게서 달려들었고 채가느라 바쁠 때도 지군레코드만 조용히 있었다. 나 때문에.

내가 건질 사람이 없다 했으니까.

장려상 받은 '민들레 홀씨 되어'의 박미견이 있긴 했는데.

이 누나도 전성기를 맞으려면 10년은 더 기다려야 해서 과감히 포기했다.

"없어요."

"걱정돼서 그러지. 다들 채 갔는데 나만 아무도 없어서."

"이선이 하나에만 집중해도 벅찰 건데. 무슨 욕심을 더 내세요? 그러다 저항받아요."

"저항?"

"가뜩이나 지군레코드에서 앨범 내며 우선권을 갖는데 자꾸 다 가져가 봐요. 공식 발매사를 돌아가며 하자는 소리가 나올걸요."

"뭐?! 대체 어떤 놈이 나한테 덤벼?!"

흥분한다.

"뭘 또 화까지 내세요. 아직 벌어지지도 않은 일인데. 그리고 이번에 크게 양보하셔서 사장님의 큰 그릇을 보여 줬잖아요. 다음에 채 간들 자기들이 뭐라 할 거예요?"

"……그런가?"

"매년 하는 행사에 목숨 걸지 마세요. 이선이 같은 가수가 매년 나올 거라 보세요?"

"아니지."

"반짝하는 가수가 또 생길 순 있어도 그야말로 반짝이에요. 돈도 안 되고."

"으음……."

"아직도 미련 있어요?"

"아니, 아니 없어. 그러면 민애경이나 잘 잡아 주면 되는 거지?"

"예."

"알았어. 날짜 맞춰서 와. 그날은 싹 빼놓을게."

"감사해요."

"알았다. 그날 보자고."

우리가 민애경 귀국 1집을 목표로 한창 달리고 있을 때.

내 귀로 이상한 소문이 하나 들려왔다.

정부가 학원 안정법이라는 이상한 법을 제정하려 한다는 얘기였다.

학원 안정법이란 의심된다 판단되는 순간 영장 없이 학생을 구금/체포할 수 있는 법이었다.

이게 무슨 얘기냐면,

지나가다가 '어! 너 좀 이상해' 하는 순간 잘못이 있든 없든 증거가 있든 없든 잡아갈 수 있다는 것. 경찰 지 마음대로.

그 옛날 사회 치안 확립을 위해 깡패들을 보이는 대로 잡아 삼청교육대에 처박았듯, 대학생들을 그렇게 잡아가겠다는 것.

기가 막혔다.

어떻게 이런 발상을 할 수 있는지.

결국 사달이 벌어지고 말았다.

김영산, 김대준을 필두로 한 야당의 인사들이 대거 일어나며 반대 의사를 밝혔고 그로 인해 삼민투위에도 명분이 서며 각종 파업에, 노동쟁의에 학생 시위가 전국적으로 일어나게 되었다.

"큰일 나겠는데. 이러다 정말 무슨 일이 일어나는 거 아냐?"

회귀 전, 자료 조사하며 본 기억이 있었다.

이 일로 궁지에 몰린 전두한이 어떤 악수를 두게 되는지.

"하여튼 구제가 안 돼. 아무리 좋게 보려 해도 답이 없어."

나만 상황이 좋았다.

페이트 4집이 선주문 50만에 추가로 20만을 더 찍으며 성공 가도를 걸었고 7월 공연으로 페이트 3집이 추가로 10만, 페이트 2집 일본어판이 20만 더 나가며 도합 1백만 장의 판매고를 올렸다.

50억이 들어왔고 42억 내 몫에 한국 판매지분까지 합해 총 60억을 DG 인베스트에 넣었다.

"아주 Nice."

내가 이렇게 실실대고 있을 때.

거리는 어느새 최루탄 냄새로 쩔어 갔고 쫓기듯 도망 다니는 학생들을 너무도 쉬이 찾아볼 수 있게 되었다.

야당도 온통 투쟁이었다.

'직선제 개헌을 위한 1천만 서명 운동'을 벌이며 개헌 위원회 서울 지부를 발족, 그걸 시작으로 부산, 대구, 인천, 대전, 마산 등등 전국 각지로 개헌 현판식이 추진했다.

사람들이 구름 떼처럼 몰려들었다.

김영산, 김대준, 문익한 민통련 의장 등 온갖 재야인사가 이 일에 공동으로 보조를 맞췄고 백만 단위의 인원이 결집, 정부도 더 이상 넋 놓고 지켜볼 상황이 아니게 됐다.

결국 전두한은 한 발 물러서 여야 영수 회담을 통해 합의에 이르면 임기 중 개헌을 생각해 보겠다 발언했고.

환호가 일었으나.

나는 이것이 함정임을 알았다.

"야당을 국회로 끌어들이려는 수작이네. 야당이 비호하지 않는다면 시위는 그야말로 시위일 뿐이니까."

그러다 인천의 시민 회관에서 일이 터졌다. 학생, 노동자, 재야인사 등 운동권이 진입을 막는 경찰과 거의 다섯 시간 동안 투석전을 벌인 것.

정부는 온갖 언론플레이로 운동권을 국가 전복을 꾸미는

빨갱이 세력으로 몰아갔고 국회로 들어온 야당은 여론이 극심히 안 좋아지자 여당에 타협하는 쪽으로 돌아섰다.

그 순간 방패막이 사라진 운동권은 혹독한 탄압과 마주 서야 했다.

부천 경찰서 성고문 사건, 건대 항쟁, 서노련 사건, 반제 동맹 사건, 민통련 사무실 폐쇄, 서울 개헌 대회 봉쇄 등등이 모두 이때 벌어졌으니 영하 19도를 오가는 이 겨울의 한파처럼 그들의 겨울도 무척이나 차가웠다.

"……."

솔직히 부끄러웠다.

나도 한 팔 거들어야 하는 건 아닌지.

승리도 결국 저들이 피 흘리고 눈물지어 얻은 결실일 텐데.

그 모든 걸 난 공짜로 누리게 될 것이다. 나의 오필승 엔터테인먼트도 마찬가지.

추운 곳에서 벌벌 떠는 저들과는 달리 나는, 나의 오필승은 너무나도 화려하게 1986년의 문을 열었다.

"나만 이렇게 좋아도 되나?"

이문셈 3집의 약진 아래 민애경의 앨범이 무서운 속도로 치솟았다.

곧 최성순의 1집도 나온다. 멘탈 잡은 김현식과 봄여름가을겨운도 나온다.

지난 12월부터 길옥문에게 맡긴 장혜린은 1집 타이틀이 벌써 나왔다.

원역사대로 '오늘 밤에 만나요'라.

본래 이 노래는 1979년 이예난이라는 가수가 '나는 해바라기'라는 제목으로 불렀는데 히트하지 못했고 장혜린의 손에서 빛을 보게 된다.

산울린의 베이스인 김창운에게 맡긴 김완서도 '오늘 밤'을 뽑아냈다.

처음엔 엉뚱한 곡을 타이틀로 잡으려 하여 꽤 난항이었으나 작곡가인 김창운을 갈궈 댄 후에야 겨우 찾아냈다.

최성순이야 앨범을 다 자기가 만드니 말할 것도 없었고 신인 티를 벗은 우리 가수들은 불러 주는 행사장이 많았다.

이렇게 잘나가는데.

"⋯⋯."

내가 사는 세상은 너무도 어지러웠다. IMF 시절이 생각날 정도.

이제 곧 국민학교 3학년 올라가는 놈이 무엇을 할 수 있을까마는 쓸쓸함은 지울 수가 없었다.

하지만,

"내가 누굴 걱정하는 건지⋯⋯."

전생의 3학년 시절은 일생을 두고서도 최악의 시기였다.

사흘이 멀다 하고 뒤집히는 밥상과 괴성에 또 괴성⋯⋯ 종래엔 칼부림이 일어나고 어머니가 다쳤다.

이것저것 다 말아먹고 2년째 백수 생활로 궁지에 몰린 아버지는 상처 입은 들짐승과 같았고 원망이 폭발한 어머니는 툭 건들기만 해도 울부짖었다.

그 사이에서 난, 겨우 10살인 난, 때리면 때리는 대로 갈구면 갈구는 대로 당하는 수밖에 없었다.

하지만 이 생활마저 행복이었음을 깨닫는 데는 고작 1년도 필요하지 않았다.

이혼과 함께 시골로 보내지며 악마의 손아귀에 떨어졌고 40대의 영혼으로 돌이켜 봐도 도저히 이해 못 할 끔찍한 일을 겪어야 했다.

"엄마 없는 아이는 원래 세상에 자기편이 없지."

엄마란 존재가 그랬다.

존재 자체가 직접적인 보호막도 되겠지만, 여자는 보통 주변과 사회적 관계를 형성하기에 아주머니들의 도움이 들어온다. 그들이 편이 돼 준다.

설사 혼자 있더라도 보듬어 주고 응원해 주기도 하고 누가 해코지라도 할 참이면 앞장서서 막아 준다.

그러나 엄마가 없는 아이라면,

그 아주머니란 여자들이 전혀 다른 양상으로 바뀐다.

저 아이랑 놀지 말라고 한다. 무슨 일만 터지면 다 이쪽으로 와 잘잘못을 논한다. 동네북처럼, 길가 쓰레기통처럼 제 미음대로 더러운 배설물을 뿌려 댄다. 위하는 척, 걱정하는 척.

어릴 때일수록 어머니의 중요성이 큰 게 이런 이유에서였
다. 본인이 주는 따뜻함도 있겠지만, 엄마가 지키고 있는 집
은 어떤 년도 감히 넘보지 못하니까.

"난 둘 다 없었으니."

그래서인지 야당의 비호가 떠나가자마자 된서리를 처맞느
라 정신없는 운동권이 남 일 같지 않았다.

불쌍했고 도와주고 싶었다.

그 시점, 공교롭게도 신 비서에게 연락이 왔다. 노태운이
한번 보고 싶단다.

"이분이 백은호 씨군요."

"예."

신 비서는 가만히 서 있는 백은호를 유심히 바라보더니 앞
에까지 가서 손을 내밀었다.

"신 비서라고 합니다. 앞으로 장 총괄님을 잘 부탁드립니다."

"아닙니다. 제 일입니다."

"음, 그렇군요. 옳은 말씀이십니다. 자, 가실까요?"

"총괄님, 저는 그럼 여기에서 기다립니까?"

"기다리고 계세요. 금방 돌아올 거예요."

"옙."

인수인계대로 행동하는 백은호를 잠시보다 신 비서의 차
량에 올라탔다.

차는 몇 군데를 돌아 주택가 밀집 지역으로 들어갔고 나를

내려 줬다.

그때 그 집이었다.

안가.

들어가니 노태운이 벌떡 일어나 다가왔다.

"왔나?"

"예, 잘 계셨어요?"

"내는 잘 있다. 니도 잘 있제?"

"예."

"빨리 온나. 어서 여기로 온나."

다가가니.

나를 번쩍 안아 소파에 내려 주었다.

"하하하하, 묵직해진 게 잘 크고 있나 보네. 우리 대운이."

"예."

"할매는 잘 계시나?"

"건강하세요."

"신 비서야. 주스 하나 내온나. 거 알맹이 톡톡 터지는 거로."

"예, 알겠습니다."

신 비서는 캔 음료를 하나씩 가져와 내려놓았다.

쌔쌔기라고 안에 오렌지인지 귤인지 과육이 든 음료였다.

즐겨 마시던 거라 익숙하게 따서 마셨다. 노태운도 날 보며 하나 따 단번에 비웠다.

그러고는 말없이 나를 한참이고 처다보기만 했다.

무슨 일이 있나 싶었지만, 잠자코 있었다.

대치 아닌 대치가 이어졌고…….

근 10분여가 지나서야 노태운의 자세가 바뀌며 입이 열렸다.

"오늘 내가 니를 보자한 거는…… 다른 게 아이고. 의논 좀 하고 싶어서다."

"……?"

"니도 알겠지만 요새 나라가 어지럽다. 많이 부수고 많이 잡아가 뿐다. 다른 아새끼들은 곧 풀릴 거라 낙관하고 있는 데……. 내는 이게 그렇게 쉽게는 안 끝날 것 같거든. 아무래도 일이 세게 한 번 터질 것 같다."

진지했다.

무언가 속에 감춰 둔 것 같기도 하고.

조용히 물었다.

"……불안하세요?"

"니도 그렇게 느끼나? 맞다. 내가 요새 쪼매 혼란스럽다. 갈 길이 구만 리인데 발목 잡힌 거 같고 모가지가 올무에 걸린 것 같기도 하고 이 나라 전체가 무엇에 쐬긴 것 같기도 하고……."

나라 걱정인가?

그렇다고 나도 섣불리 다가갈 순 없었다.

진의가 중요했다.

"무엇이 걱정되세요?"

"무엇이 걱정되냐고? ……흐음, 모르겠다. 나라 걱정인지

내 걱정인지. 내 한 몸 보신은 어째 된 것 같은데. 니 말 따라 낮추고 낮췄더니 도리어 위로 올라가고 말이다. 주위에 십수 명이 붙어가 함부로 구는 놈도 없고."

"예."

"나랏일도 한 발 비켜났더니 어깨가 가볍다."

어깨를 으쓱한다.

"아무런 문제가 없네요."

"없지. 없는데……."

"괴로우세요?"

"맞다. 심히 괴롭다. 나라 가는 꼬라지가 또 시궁에 처박힐 것 같다 아이가. 요새 잠도 잘 몬 잔다."

말하면서도 자기 말에 갈피가 안 잡히는지 관자놀이를 짚 는다.

나도 조금 더 다가갔다.

"학원 안정법은 누구 아이디어예요?"

"모른다. 이제 그 쉐끼 옆이라 봤자 허문두밖에 없는데. 보 나마나 그 멍청한 새끼가 아이디어 냈겠지. 또 누가 있겠노."

"허문두라……. 각하는 가만히 있고요?"

"노발대발이다. 문디 자슥이. 지가 허락해 놓고 일이 잘못 되니까 집무실 뒤집고 난리다."

실빌한 모양이나.

"어쩌실 작정이세요?"

"응?"

"절 부른 건 마음을 정하신 거 아니에요? 마지막 확인차 말이에요."

"……."

"……."

"……."

"……."

"……."

"……."

"……후우, 맞다."

고개를 끄덕이며 무슨 말인가 하려 하는데.

얼른 끊었다.

"전 반대하고 싶어요."

"반대? 니는 내가 무슨 말을 할 줄 알고?"

조금은 섭섭한 듯 다그친다.

"뻔하죠. 뻔한 조치에 뻔한 결단."

"뭐라꼬?"

"대권 쥐고 싶으시잖아요."

"……."

"뻔한 거로 대권이 오겠어요? 남들 다 하는 거로 말이에요."

"……대운아."

"미리 말씀드리지만 전 보통 사람이 대통령 되는 거 찬성

68

이에요. 아마도 어떤 누구보다도 더 그럴 거예요."

"······."

"하지만 지금 생각하시는 대로 나가셨다간 설사 좋은 날이 오더라도 바통은 잊지 못할 거예요."

"어째서?!"

바통을 주는 건 청와대의 누구겠지만, 그 바통을 진짜로 만드는 건 국민뿐이었다.

몇 번의 계책 성공으로 원역사와 다른 위치가 됐다지만 실상 따져 보면 노태운이 가진 건 아무것도 없었다. 여전히 전국구 의원이었고 여전히 전두한의 지시를 받아야 했다.

"더 낮아지세요."

"여기서 더······라고?!"

"예, 지금보다 더 낮아지셔서 보이지 않을 정도가 돼야 해요. 적어도 올 한 해는 아무것도 하지 말고 눈 감고 귀 닫고 입 다무세요."

"올 한 해를 전부?!"

"승부는 내년이에요. 이 1년을 못 참고 국민에 밉보였다간 대망은 한낱 꿈이 될 거예요."

"이게 기회가 아니라고?"

"함정이죠."

"기회라 카던대."

"덫이에요."

"허어……."

"참으세요. 어차피 아무런 힘도 없으시잖아요. 나서 봤자 화살받이예요. 특히 전두한의 눈에는 더더욱 띄지 마세요."

"그렇게까지 참으라고?"

"여태 잘 참으셨는데 1년 더 못 참으세요?"

"그래서 내더러 눈 감고 귀 닫고 입 처 다물라?"

"둘 다 놓쳐서는 안 될 땐 차라리 사라지는 게 낫겠죠. 제 판단에는 '노태운'이라는 이름 석 자가 사람들 입에 오르내려선 절대 안 돼요."

"정말 그렇게까지 해야 하나? 아니, 니는 이미 개헌이 될 거라 생각하고 있구나."

"예."

"진짜 개헌이 되나?"

"머지않아 눈에 보일 날이 오겠죠. 그러니까 일은 힘이 생겼을 때 하세요. 대신 저에게 약속 하나 해 주세요."

"뭔데?"

"기회가 오면 반드시 움직이겠다고요."

"그야 당연……."

"쉽게 말씀하지 마세요. 기반을 날려 버리라 할 수 있어요."

"뭐?!"

"그 정도 각오 없이 되겠어요? 쉽게 얻은 힘은 반드시 자기 자신을 해치기 마련이죠. 잠잠히 고민해 보세요. 다음 권력을 과연 누가 주는지를요. 그러면 해법이 나와요."

"……."

착잡한 표정이었다.

말없이 창밖을 내다보았고 나도 더는 해 줄 얘기가 없어 같이 창밖이나 바라보았다.

밖에서 친구가 부르는데 또 놀고 싶어 죽겠다는 아이를 억지로 집에 앉혀 둔 형국이라.

노태운은 나서고 싶었고 무언가 업적을 쌓으려 하였으나 내가 막았다.

분위기는 노태운과 만난 이래 한 번도 이런 적이 없었을 만큼 무거웠고 속으로는 괜한 말을 했나 살짝 후회됐지만.

무모한 행적은 그를 파멸시킬 것이다. 그는 반드시 단군이래 가장 호황인 시기를 이끌어야 했다.

'응?'

그때 탁자 가장자리에 가지런히 놓인 팸플릿이 눈에 띄었다.

제목이 '1986년 서울 아시안 게임'이라 적혀 있다. 영어로.

슬쩍 엉덩이를 떼집었다.

조용히 펼쳐 보는데.

"초청국에 돌릴 팸플릿이다. 올 9월에 아시안 게임 하는 거 알제?"

노태운의 목소리가 거로 들이왔다.

나도 이 팸플릿의 의미는 바로 이해했다.

팸플릿이라 하면 보통 행사 때나 쓰이는 것이지만 이렇게 누군가 초청할 때도 쓰인다.

아직 시간이 많이 남았음에도 미리 제작하며 각국에 배포하는 것.

"잘 만들었네요. 디자인도 요약도 잘 돼 있어요."

"긋나? 하긴 감수를 몇 번이나 봤는데. 잘돼 있어야지."

"멋지게 잘 만들었어요. 예쁘게도…… 어!"

"왜?"

"이건 해석이 왜 이렇죠?"

떡이 Ricecake란다.

우와~ Ricecake의 시작이 이때부터였던가?

떡을 이따위로 번역해 놓고 김치는 또 Kimchi로 적어 놓았다. 경복궁은 왜 또 Kyongbok Palace라 적혀 있지?

"떡이 라이스케이크예요?"

"떡?"

"떡이 어떻게 라이스케이크예요? 떡은 떡이지."

"그렇긴 한데. 그거야 외국인이 알아먹기 쉽게 설명해 놓은 거 아이가?"

"그러니까요. 떡을 왜 외국인에 맞게 설명해 놓은 거죠? 걔들이 떡을 어떻게 안다고요? 기껏해야 일본에서 모찌나 깨작대지 세계적으로도 떡은 거의 우리나라만 주로 즐기는 음식이잖아요? 그냥 '떡'이라 적어 놓고 라이스로 조리한 한국 전통 음식이라 소개하면 안 돼요?"

"그야……."

"이 논리대로라면 오뎅은 Fishcake잖아요. 외국인에게 피
쉬케이크라고 해 봐요. 단번에 우웩! 소리가 나지. 그렇게 따
지면 한옥은 Hanhouse가 되나요? 이게 무슨 말도 안 되는 번
역이에요. 이런 식이라면 짜장면은 어떻게 설명할 거고 김밥
은 또 뭔데요? 된장국은? 김치찌개는요?"

"……."

"아파트 베란다를 우린 베란다라고 부르잖아요. 우리에게
없는 건축 양식이니까 베란다라고 그냥 쓰는 거잖아요. 자동
차 핸들도 핸들이고 머플러도 머플러고 이런 게 용어잖아요.
그걸 왜 자기 마음대로, 되먹지도 않게 바꿔 버린 거죠? 이건
훼손이잖아요."

"으음……."

"그리고 경복궁 뒤에 Palace는 왜 붙여요? Palace는 설명에
넣으면 되잖아요. 또 앞에 'K'는 뭔지. Gyeogbokgung 이렇게
적으면 좋지 않아요?"

"그거야 'ㄱ'자 발음이 'K'니까 그런 거 아냐?"

"이래서 영어가 공부하면 공부할수록 개차반 언어라는 거
아니에요."

"엉?"

"완전 막돼먹은 언어라니깐요. 영어란 게."

"왜?"

"우리 발음에 '김'이라 하면 'ㄱ'자가 나오지 'ㅋ'자가 나오지 않잖아요. 그렇다면 영어도 'G'가 나와야 정상인데 'K'를 넣잖아요. 우리가 언제 김씨를 킴씨라고 불렀어요? 지들 언어가 소화 못 한다고 우리가 따라해야 해요?"

원칙대로라면 Kim은 Gim이라 표기하는 게 맞다.

하지만 영어는 그렇게 못 한다. 'G'는 'ㅈ'의 발음도 나오니까.

'th'는 '드' 발음도 나고 '스' 발음도 난다. Right 같은 것에는 묵음도 있다. 영어에는 상황에 따라 발음이 달라지고 표기도 또한 달라지는 단어가 무척 많았다.

학생 명단을 받은 담임이 처음 학생을 만나는 자리에서 명단을 보고도 이름을 제대로 발음하지 못하는 언어였다.

경찰도 신원 확인 한 번 하려면 철자까지 읊어 줘야 마무리된다.

반면 한글은 'ㄱ'이라면 반드시 'ㄱ' 발음이 난다. 어떤 상황에서도 발음은 항상 일정하다.

이게 바로 통일성인데.

물론 노태운도 저항은 했다.

"그래도 훌륭한 언어 아이가? 세계 공용어로도 쓰이는데."

"그건 미국의 힘이 강대해서 그렇지 언어 자체가 뛰어난 건 아니죠."

"니는 무슨 근거로 그런 말을 하는데?"

"단적으로 설명한다면 '스펠링 비' 대회를 예로 들 수 있죠."

"스펠링 비라면 전미 영어 철자 맞추기 대회?"

"예."

"그게……. 왜?"

"왜라뇨? 정말 모르시겠어요?"

"영어 철자 맞추기 대회가 왜?"

"결국 받아쓰기 아니에요?"

"그야…… 어!"

"이제 아시겠어요? 우린 국민학교 1학년이면 끝나는 받아쓰기를 걔들은 16살까지 하는 거로 모자라 잘했다고 상금도 주잖아요."

"……."

"언어가 얼마나 조악하면 스펠링 하나 못 맞춰서 전국적으로 대회를 열어요? 우승자는 백악관 초청도 받는다잖아요. 우린 1학년 때도 하나 틀리면 엄마한테 혼나는데."

"……그러네."

"우린 우리 것에 대해 너무 인색한 경향이 있어요. 자부심을 더 가질 필요가 있다고요. 한글은 세계에서 유일하게 창제 의도가 밝혀진 언어예요. 마음먹고 배우면 일주일 만에 쓸 수도 읽을 수도 있어요. 어떤 언어와도 호환이 잘 되고요. 무한으로 확장도 되죠. ㄱ 확장성 때문에 한국어가 어려울 순 있어도 한글 자체는 지구상 최고의 언어라고 봐도 무방하죠."

75

"지구상 최고의 언어?! 저, 저기 대운아."

"예."

"그래서 이걸 우짜믄 좋겠다는 건데?"

팸플릿을 든다.

"발음 나는 대로! 그대로! 쓰게 해야죠. 한번 정해지면 바꿀 수 있는 게 아니잖아요. 설명이 더 필요하면 사진을 넣으면 되고 그것만도 안 되겠으면 냅둬요. 우리가 죄지었어요? 왜 억지로 고쳐요? 우리 문화를 우리 식대로 적는 게 틀린 거예요? 지금 아니면 떡은 영원히 Ricecake가 되는 거라고요."

팸플릿 때문에 조금은 부드러운 분위기로 마칠 수 있었지만.

노태운과의 대담을 통해 난 앞으로 나의 행보에도 커다란 문제가 생길 수 있음을 직감했다.

영원한 비밀은 없었고 그가 커진다는 건 나의 존재도 어쩌면 다른 의미로 대중에게 알려질 수 있음을.

IQ 190의 천재 혹은 오필승의 수장이 아닌, 권력이라는 새로운 장르에 선 낯선 인물 혹은 Opensecret으로서 아는 사람은 다 아는 그런 사람이 될 수도 있었다.

당연히 반대편 인사들에는 위험 분자로 찍히겠지.

비약일 수 있지만.

대비는 해야 옳았다.

"세운상가로 가 주세요."

"세운상가입니까?"

"예."

신 비서가 내려 주자마자 난 백은호와 함께 세운상가로 향했다.

올해가 1986년이니까, 내년 용산 전자 상가가 개장하기 전까지 세운상가는 대한민국 전자 제품의 메카로서 더없는 위용을 누린다.

일제 강점기 때 불이 번지는 걸 방지하기 위해 비워 둔 공터가 1966년도에 이르러 난민들의 집합소이자 나비라 불리는 성매매 여성들의 주 활동지가 됐고 개발 후에는 정부의 잘못된 시책으로 슬럼화되는 비운의 종합 쇼핑몰이 되나.

현재까진 원한다면 탱크도 만들 수 있다는 무시무시한 전설의 신비처이자 카피의 천국이었다.

차를 댄 백은호와 나는 청계천로를 따라 걸어갔다.

종합 쇼핑의 중심지답게 입구부터 사람들이 미어터졌고 온갖 지방 사투리가 다 들렸다. 경상도, 전라도, 충청도, 강원도 할 것 없이 자기 동네에서 얼리어댑터 노릇 좀 하는 사람들이 몰려들어 흥정을 벌였고 눈치 싸움에, 신경전을 펼치느라 정신없었다

이 중엔 은밀한 거래도 많았는데.

흔히들 좋은 사진, 좋은 영화라고 말하는 야사, 야동들도 엄청 돌아다녔다. 걷고만 있어도 스윽 다가와 무언가 펼쳐 주면 틀림없이 누드 사진이라.

가정용 비디오가 보급됐을 땐 비디오테이프가 판쳤고 꼬심에 넘어가 사고 봤더니 만화 영화였다는 우스갯소리와 세운상가에서 무얼 살 때는 반드시 확인하고 사라는 충고는 이곳에서는 일상 상식이었다.

나는 몰카를 구입할 생각이었다.

몸에 달고 다녀도 무방할 만한 작은 크기로. 원하는 사양이 없다면 주문 제작해서라도 쟁여 놓을 계획도 있었다.

직원들 사찰 용도는 아니었다. 내가 혹은 백은호가 달고 다닐 것들.

혹여나 누군가 접근했을 때 남길 증거용으로 말이다.

"이쪽에 대해 좀 아세요?"

"잘은 모릅니다. 잘 아는 후배가 있긴 한데. 제 생각엔 아무래도 후배를 통하는 게 좋을 듯싶습니다. 이쪽도 원체 사기꾼들이 많아서요."

"그런가요?"

"꾼은 꾼이 알아본다고 이런 일은 전문가에게 맡기는 게 제일 좋습니다."

옳은 말.

"후배분의 실력은 괜찮은가요?"

"군 시절 때도 유독 이쪽에 밝은 친구였습니다. 라디오 같은 것들은 눈 감고 분해하고 조립하는 걸 봤습니다."

대충 어떤 류인지 감이 왔다.

살다 보면 게임이든 자동차든 전자 제품이든 아님, 연예인 같은 것에 유달리 관심이 많고 집중하는 친구를 만나곤 하는데.

아마도 그런 부류가 아닐까 싶었다.

"그럼 그 후배분을 만날 수 있을까요?"

"물론입니다. 전화해 보면 됩니다."

빨간 공중전화를 찾아갔다.

한 통에 20원.

백은호가 전화하는 사이 주변을 둘러보고 있는데 재밌는 장면이 시야에 포착됐다.

"가요는 5백 원, 팝송은 1천 원, 금지곡은 2천 원이야. 많이 사면 5백 원 빼 줄게."

학생 몇몇과 흥정하는 상인 목소리였다.

뭔가 하여 슬그머니 붙었더니 '빽판'이었다.

'빽판이구나.'

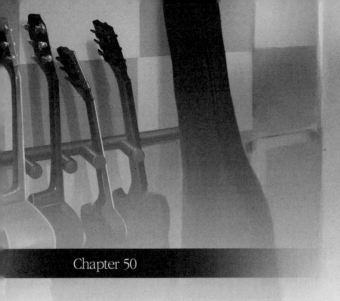

2년 전인가?

피아노 가르쳐 주러 온 김헌철에게 들은 적 있었다.

LP는 원판, 라이선스판, 빽판이 있다고.

해외 유명 제작사에서 직접 제작한 LP를 '원판'이라 하고 라이선스 계약으로 국내에서 제작한 LP를 '라이선스판', 불법 복제로 찍어 낸 해적판을 일명 '빽판'이라 부른다고.

이때 해외 라이선스 LP는 1만 원 내외의 고가 제품이라 학생들은 쉬이 접근할 수 없었고 목마른 이들은 다른 방법을 통해서라도 듣고픈 음악을 찾아갈 수밖에 없었는데.

김헌철은 본인도 단골 레코드가게 사장님한테 세운상가에

가면 이런 '빽판'을 구할 수 있는 걸 들었다고 했다. 흰색 종이
봉투에 담아 준다고 말이다.

피식 웃는 사이 흥정이 깨진 건지 학생들은 다른 곳으로 갔
고 상인은 입맛을 다시며 물건을 챙겼다.

다가갔다.

"좋은 앨범 있어요?"

"엉?"

"괜찮으면 사려는데."

"가라. 아줌마 지금 기분 안 좋다."

"나 돈 있어요."

1만 원짜리를 두 장을 꺼내 흔들어 줬다.

순식간에 간식을 본 강아지 표정이 나왔다.

부담스러울 만큼 의욕 충만한 모습으로 다가와 입꼬리가
사악 올리는 게 호구 잡았다는 표정이었다.

웃기는 아줌마네.

"그래, 뭐 주까?"

"뭐가 있는데요?"

"많지. 조용길 꺼 줄까? 아님, 나민 꺼? 이선이 꺼도 있어."

요새 잘나가는 앨범이 줄줄이 나온다.

"얼만데요?"

"조용길이랑 이선이는 1천 원, 나머진 5백 원."

"조용길이랑 이선이는 비싸네요."

"비싸지. 최고잖아."

"다른 곡은 없어요? 금지곡 같은 건."

"당연히 있지."

주섬주섬 꺼낸다.

'아침이슬', '왜 불러', '고래사냥', '미인' 등등 훗날 최고라 일컬을 명곡들이 쏟아져 나왔다.

"얘들은 얼만데요?"

"원래 2천 원인데. 네가 사면 1천5백 원으로 깎아 줄게."

"페이트는 없어요?"

"그것도 있지."

막 찾으려다 멈칫 날 돌아본다.

"살 거 맞지?"

안 사면 크게 화낼 거라는 척을 한다.

다시 1만 원짜리 두 장을 흔들어 보였다.

"여기 돈 있잖아요."

그제야 안심 되는지 영업용 미소로 물건을 꺼냈다.

"이거 어렵게 구한 거야. 지금 일본에서 난리라고."

1집부터 가장 최근에 낸 4집까지 다 나왔다.

어마어마하다.

"이건 얼만데요?"

"2천…… 아니, 1천 원민 줘."

"페이트 앨범이 1천 원이에요?"

"팝송이잖아."

팝으로 분류되나 보다.

나도 궁금해졌다. 빽판의 위력이 어느 정도인지.

"담아 줘요."

"이거? 아님, 이거?"

하나씩 든다.

"아니, 그것부터 요것까지 전부요."

"뭐?!"

"이 돈 만큼 다 살 거예요. 가요도 금지곡도 페이트도 싹 다
담아 줘요."

"정말이야?"

"예."

"아, 알았어."

봉투에 담는 손길이 부산스러웠다.

혹시라도 마음 바꿀까 봐 몇 번이나 돌아본다.

그때 전화를 마친 백은호가 다가왔다.

"뭐 사셨습니까?"

"앨범 좀 보려고요."

낯선 존재의 등장에 아주머니는 경계의 눈빛을 띠었으나
물건 싸는 손을 멈추지는 않았다.

그러고는 두툼하게 포장된 박스를 하나 내놨다.

"자. 서비스로 몇 개 더 넣었어."

"이만큼이나 사신 겁니까? 이거 빽판이잖아요."

"예."

"음질이 좋지 않을 텐데요."

"뭐가 음질이 안 좋아요?! 우리 집 물건은 내가 다 확인하고 가져오는구만."

혹여나 거래가 무산될까 무서운지 아주머니의 언성이 높아졌다. 기세부터가 건드는 순간 싸움을 벌일 것 같았다.

그 모습을 보는데.

'무섭거나 짜증 나거나 화나거나'가 아닌 안타까운 마음이 먼저 들었다.

험한 세월을 산 여성이라.

이 아주머니도 나처럼 비바람을 가려 줄 우산이 없었던지 날카롭고 신경질적이고 건드는 순간 극단을 달릴 것 같았다.

실제로 이런 아주머니가 다 내려놓고 싸움에 임하는 순간 남자든 여자든 방법이 없었다. 똑같이 개차반이 되든지 얼른 피하든지.

물론 어떻게 해도 좋은 꼴은 못 본다.

피해도, 억울하고 화나고 답답하고.

싸운다면, 여자도 그렇지만 남자는 주변 남자들에 둘러싸여 다구리나 안 당하면 다행이었다.

하지만 백은호도 경호원이 이상 걸어온 싸움을 피할 생각이 없어 보였다.

두 사람의 대치가 생각보다 강렬해지자 목적 자체가 어그러질 것 같아 얼른 끼어들었다.

"이것 좀 들어 주실래요?"

"아, 아예."

으르렁거리던 백은호가 군말 없이 박스를 들자 아주머니는 무슨 일인지 나와 백은호를 번갈아 봤다.

"자, 2만 원 드렸어요. 다 끝난 거죠?"

"어, 어, 그래, 응."

"그럼 많이 파세요. 우리 가죠."

"예."

계속 쳐다보는 아주머니를 두고 우린 전자 제품이 밀집된 상가 쪽에서도 아주 깊숙하고 외진 곳으로 갔다.

그 끝길, 구경하는 사람들조차 들어오지 않는 아주 후미진 곳에 작은 가게가 하나 있었는데 상호명이 미래 전자였다.

'미래 전자라. 거창하네.'

세 평 남짓한 장소에 작은 박스가 천장까지 쌓여 있고 온갖 기계 부품들이 즐비하다. 남자 한 명이 책상에 앉아 납땜질하고 있었다.

"복기야, 나다."

"어! 백 중사님."

하던 납땜질은 놔두고 벌떡 일어난다.

백은호도 앨범 박스를 내려놓고 그를 안았다.

이름이 정복기였다.

특전사 하사 출신으로 복무 중 자신의 길을 깨닫고 이쪽 계통으로 투신했다나 뭐라나.

백은호는 옆에 있는 날 편의상 조카로 소개했다.

일찍이 백은호가 오필승의 경호원으로 취직한 건 알고 있었는지 얘기는 쉬이 흘러갔다.

"……내가 모시는 분이 필요하시다."

"초소형 카메라에 녹음 기능까지 원한다라. 백 중사님, 무슨 불법적인 일을 하시는 건 아니죠?"

"날 알면서 그런 소리냐. 방어용이다. 증거 남길 용도로. 나하고 그분하고 딱 두 개만 있으면 된다. 아, 예비용으로 하나 더 있어야겠군."

"그렇군요. 백 중사님이 그럴 리 없죠. 하지만 제작이 어려운 건 아시죠? 백 중사님이 원하는 수준대로 맞추려면 여기 대한민국에서는 방법이 없어요."

"그래? 너도 못 만드는 거냐?"

"그럴 리가요. 그 정도로 세밀한 장비를 다루려면 일본에 가야 해서요. 렌즈부터 마이크까지 거의 군사용으로까지 파고들어야 하는데…… 괜찮겠어요?"

넌지시 본다. 백은호는 우직하게 밀고 나갔다.

"말 한번 잘했다. 나 미국 CIA 수준으로 원한다."

"정말 장난 아닌가 보네. 돈이 많이 들 거예요. 아주 많이요. 제가 직접 가도 그래요."

"만들어만 와라. 돈은 충분히 주마."

"시간도 꽤 걸려요. 이게 군사용까지 들어가려면 제한이 걸려요. 부품 잡을 때까지 거기 기술자랑도 안면을 터 놔야 하고요."

"말이 많다. 이놈아."

"알겠습니다. 당장 착수할까요?"

"내일이라도 가라. 필요한 돈은 달라는 대로 부쳐 주마."

"알겠어요. 일단 뒤탈 없게 제 돈으로 먼저 움직일게요. 저도 여기저기 알아봐야 해서요."

간단한 몇 마디로 끝났지만.

나는 정복기가 꽤 마음에 들었다.

자신 있는 눈빛도 그렇고 무조건 된다가 아닌 먼저 불법적인 일이 아니냐는 의심을 한 것이 제일 좋았다. 적어도 자기 기준이 있다는 것이니 신뢰의 기초로 삼기에 적절했다.

만족스럽게 회사로 돌아온 난 제일 먼저 오늘 쇼핑한 앨범 박스를 개봉했다.

아주머니가 몇 개 더 넣었다더니 죄다 팝송이다.

역시나 들을 만하면 지지직 지지직 음질은 꽝.

사 온 앨범 전부가 잡음이 너무 많았다.

아닌가? 가성비를 따진다면 이 정도도 괜찮으려나?

하여튼 재밌는 하루다.

◇ ◆ ◇

전두한이 또 국정 연설에서 개헌 논의는 올림픽 뒤인 1989년에 하는 게 순리라며 이른바 '큰 정치'를 천명했다.

이에 발끈한 경인 지역 15개 대학 1천여 명의 학생들이 서울대에 모여 '86전학련 신년 투쟁 및 개헌 서명 운동 추진 본부'를 결성, 격렬히 반대했고 경찰은 개헌 서명 운동가는 무조건 연행해 사법 조치할 것을 밝혔다.

경찰이 뭐라든 말든.

야당도 이번엔 같이 움직였는데 일이 점점 개판으로 흐르고 있었다.

"미궁으로 향하는 테세우스도 아니고. 나라 꼴이 점점 우스워져."

덩달아 가요계도 재밌어졌다.

'Step by Step'으로 아이돌 열풍을 일으킬 뉴 키즈 온 더 블록이 올해 데뷔다. 뉴 에디션에 있던 바비 브라운이 솔로로 나왔고 영국에선 런던 보이즈 형들이 말벅지를 내세우며 'Harlem Desire'를 부를 날이 곧 다가오고 있었다.

우리나라도 '달빛 창가에서'를 부른 도시애들이 나오고 '경아'의 박혜선이 수줍은 얼굴을 드러내고 대한민국 록그룹의 전설인 백두상과 부활, 시나윈이 줄줄이 나온나. 방실한 서울 시스터도 나오고 연말이 되면 대학 가요제 출신들이 하드캐리하려 준비하고 있었다.

우리 오필승에서도 드디어 김완서가 KBS 연예가중간이라는 프로그램에서 '오늘 밤'으로 데뷔한다.

모니터링 하려 TV 앞에 앉았다.

앞 순서로 나민이 나와 신곡을 불렀다.

《멀어져~ 가는 그대 등을 바라보면서. 난 아직도 내 마음은 헤어짐이라 하지 않겠네. 너무 기뻤지~ 수많았던 기억 속에서 흠뻑 젖은 너의 눈을 나는 어떻게 지울까.》

'빙글빙글'로 대중에 이름을 각인한 그녀가 야심 차게 내놓은 다음 타이틀 '슬픈 인연'이었다.

본디 이 곡은 일본 곡이다.

일본에서 히트되지 않자 평소 나민과 친분이 있던 오자키 류도우란 작곡가가 준 건데 한국 정서상 일본인이 써 준 곡을 불렀다간 된서리 맞을 때라 다른 한국인 이름으로 올렸다고.

이 일은 훗날 표절 시비의 빌미가 되는데 나쁜 의도는 없었다. 시대가 문제였던 거지.

하지만 나는 그녀를 보는 내내 마음이 편치 않았다. 오랜 실패 끝, 드디어 날아오르는 그녀였으나 왜 이다지도 힘겨워 보일까.

"애는 잘 크나."

지금쯤이면 애도 낳았을 것이다. 그 애가 나중에 가수로 활동하는 걸 나는 봤다.

하지만 나민은 그 아이를 자기 아이라 내놓지 못했다.

운명의 장난인지 노래 내내 마음이 씁쓸했다. 그녀 걱정만 하다가 김완서의 모니터링은 하나도 하지 못했다. 젠장.

나라 꼴도 그랬다.

국회 국방위 위원들과 육군 수뇌부들이 회식하다가 난투 극을 벌이지 않나.

성균관 대학교, 서울 대학교 교수들이 합작해 시국 성명을 발표하고 뒤이어 감신대, 전남대, 연세대, 외대, 계명대, 이화 여대 등등 온갖 대학들이 나서 정부를 비판하는 데도 관계자 는 귀나 후비지 않나.

가만히 있던 서울 명동 성당마저도 일반 신도들을 대상으로 개헌 서명 운동에 돌입했고 경찰이 사상 처음으로 명동 성당으 로 진입할 것처럼 굴며 상황이 험악하게 몰아가기도 했다.

물론 그나마 나은 소식도 있긴 있었다.

작년, 미혼 전직 여성 직장인 이경순의 교통사고 손배 소 송 재판에서 서울지법이 '여성 직장인의 정년은 25세'라고 판 결한 것에 대한 항소심에서 서울 고등 법원이 '여성 직장인의 정년은 55세'라는 정정 판결을 내렸다는 정도?

제자리로 돌아간 것에도 기뻐해야 할 시대가 바로 1986년 이었다.

고개를 절레 흔든 난 다음 날 습관처럼 회사에 들어갔는데.

항상 나를 밝은 미소로 맞이해 주던 정은희가 오늘따라 안색이 안 좋았다.

"어디 아파요?"

"아니, 그게 아니라요……."

"아프면 어서 병원에 가요. 참지 말고."

"그게……."

항상 똑 부러지던 정은희가 말도 못하고 난처한 표정을 짓는다. 이게 무슨 일인지.

그때 도종민이 내 손을 잡고 총괄실로 이끌었다.

"저기 은희가 아픈 건 그거 때문이에요."

"그거……라뇨?"

"이걸 어떻게 설명해야 하나."

도종민도 난감해하긴 마찬가지.

"뭐예요? 정 대리님 아프다는데 병원부터 보내시지."

"게보린 사 먹었어요."

"그거로 돼요?"

"이게 좀 사람의 생리적인 문제라 접근하기가 껄그러워서……."

생리적의 '생리'란 단어를 듣는 순간 번뜩 깨달았다.

굳이 더 말할 필요 없는데도 도종민은 설명해 줬다.

"달거리라고. 여자들이라면 한 달에 한 번 겪는 일이 있습니다. 이때 여자들 상태가 천차만별인데 은희 경우에는 고통을 수반하나 봐요."

"……"

아무 말 없자 도종민은 내가 걱정되는지 살폈다.

"괜찮으십니까?"

"……괜찮아요."

"혹시 충격받으셨습니까?"

충격은 무슨.

당장 성교육 하라면 구성해급으로 할 수 있는 사람이 나다.

그보다. 중요한 부분을 챙기지 않았다는 게 마음에 걸렸다.

한 달에 한 번, 근 일주일을 급격한 호르몬 변화 속에서 평생 인내해야 하는 성(性)이 바로 여성이었다.

배려받아야 마땅할진대 전혀 고려치 못했다.

'공무원도 한 달에 하루 정도는 쉬게 해 줬다잖아. 나도 그러는 게 좋지 않겠나?'

물론 폐단은 있었다. 그 하루가 꼭 금요일이라든가. 한창 중요할 때 나 몰라라 빠지는 행태들 때문에 여럿 피 본다든가 하는 건 가히 보기 좋은 장면은 아니지만, 구더기 무서워서 장 못 담그는 건 바보짓이다.

가만히 보니 우리 회사 식구 중 여성의 비율이 한 20% 정도는 될 것 같다.

개인별 편차는 있겠지만, 그 20%가 한 달에 한 번은 쓱 곤란을 겪고 있다는 뜻이다. 가뜩이나 회사 생활이라는 것도 힘든데 말이다.

"특별 휴가 제도를 마련해야겠네요."

"예?"

"그래요. '쁘띠 휴가'가 좋겠어요. 남녀 상관없이 한 달에 하루는 재량껏 쉴 수 있게 하는 건 어떨까요?"

"예?! 총괄님, 지금도 주5일 근무입니다."

펄쩍 뛴다.

"이게 그렇게 놀랄 일이에요?"

"총괄님, 지금 하는 것만도 충분히 대접하고 있습니다. 우리 오필승만큼 직원을 아껴 주고 세심하게 살피는 기업은 없습니다."

"어렵나요?"

"아아…… 만드는 건 어렵지 않습니다. 근로기준법에 관련된 규정도 있고, 회사도 사규를 만들고 시행하면 되니까요. 하지만 너무 동떨어지는 것도 좋지 않습니다. 받기만 하다 보면 감사할 줄 모릅니다."

"그렇다고 아픈 사람을 잡아 둘 순 없잖아요. 고통을 느낀다면 그에 걸맞게 대해 줘야 한다고 생각해요. 대신 다른 기준을 엄격하게 주지시키면 되잖아요."

"으음……."

"처음 주5일 근무를 한다고 했을 때도 저항은 있었어요. 음반 제작사에서 주말 다 노는 게 가당키나 하냐고요. 특별한 직종이니만큼 그 특성을 이해해야 한다고요. 그래서 지금 체계가 무너졌나요?"

"……그렇지는 않습니다. 직원들의 표정이 좋죠."

"실장님도 좋잖아요. 토요일까지 출근하는 아빠보단 주말에 같이 있는 아빠가 더 좋잖아요. 하루 정도는 괜찮을 거예요. 일이 하루 밀린다고 죽을 것도 없고요. 해 주세요. 실장님."

부탁했다.

부탁하고서야 단단했던 도종민의 눈빛이 누그러졌다.

"알겠습니다. 이 고문님과 적용할 사규를 검토해 보고 결재받으러 오겠습니다."

"감사해요."

"총괄님께서 왜 감사하십니까. 저희가 감사해야죠."

"감사한데 어떡해요."

"어휴~ 총괄님은 정말…… 대단하십니다."

슥 나간 도종민은 사흘이 안 돼 결정된 사안을 가져왔다.

말 그대로 '쁘띠 휴가'였다.

한 달에 한 번 마음대로 쓸 수 있는 나만의 휴가.

그러나 이 시점 이걸 시행하는 곳은 어디에도 없었다. 내가 아는 한 그랬는데.

공표되자 정은희는 누구 때문인지 짐작하고는 죄송하다며 찾아와 눈시울을 붉혔다. 달래 주느라 빈 또 남한산성에 예약을 잡았고.

일이 정리되자 난 조용길만 따로 불러 7집을 의논했다.

6집만으로 2년 활동한 그는 컨디션이 상당히 좋아졌다. 7집이라는 얘기를 듣자마자 그렇지 않아도 준비했다며 카세트를 꺼내 녹음본을 틀었다.

듣자마자 알아챘다. '마도요'다. 이호진의 '그대 발길 머무는 곳에'도 있었다.

그러나 단 두 곡뿐.

대여섯 곡은 나올 줄 알았는데.

"괜찮아? 어때?"

"으음, 곡은 좋아요. 다만……."

"왜?"

"더 채워 넣어야 하잖아요."

"그……렇긴 하지."

오필승의 전통에 따라 앨범엔 10곡이 들어가야 한다.

이대로라면 연말이나 되어 7집이 완성될 것 같았다.

나도 우선 나중에 쓸지 몰라 준비한 곡이 있긴 있었는데.

먼저 Alice Cooper의 Poison이었다.

1989년 발매된 앨범 Trash의 수록곡으로 도입부부터 Alice Cooper 특유의 개성이 느껴질 정도로 강렬한 곡이다.

그러나 난 Alice Cooper를 설명하기 전에 먼저 헤비메탈의 계보를 아는 게 더 중요하다고 본다.

헤비메탈이란 장르는 1960년대 한창 유행했던 청년 저항 운동과 반전(反戰) 운동에 그 뿌리를 두고 있는데 당시 유행하던 사이키델릭 록이 블루스 록과 결합, 소리의 강도를 키운 것을 그 기원이라 간주하였다.

1970년대에 들어서며 오일 쇼크와 함께 청년 실업이 낳은 펑크 록이 뉴웨이브적인 성향을 띠며 지미 헨드릭스, 레드 제플린, 딥 퍼플, 블랙 사바스 같은 뮤지션들을 생산, 헤비메탈은 하나의 장르로서 입지를 갖춰 갔고 유명한 비틀즈도 여기에 일부 동참했다.

1980년대에 들어서는 이야기가 조금 달라지는데.

레이거노믹스가 낳은 경제적 풍요가 쏟아지자 헤비메탈은 과감하게 팝과 손잡고 주다스 프리스트, 모터헤드, 아이언 메이든, 벤 헤일런, 메탈리카를 낳으며 일대 부흥을 이끌었다.

이후 1990년대에 들어 얼터너티브 록의 열풍과 흑인 음악의 영향을 받아 뉴 메탈로서 진화하게 되고 건즈 앤 로지스, 판테라, 메릴린 맨슨 같은 걸출한 뮤지션으로 그 계보를 이어 가게 된다.

즉 헤비메탈은 동시대를 살아가는 청년들의 삶과 사랑, 고민과 애환을 노래하는 장르였다.

생각보다 멀지 않은 곳에서 우리와 같이 존재하고 있었다.

'문제는 내가 헤비메탈을 접한 시점이지.'

내 귀가 겨우 열려 다른 장르를 살피려 할 즈음 하필 스래쉬 Thrash 메탈이 유행하며 무겁고 공격적인 스타일이 판을 쳤다.

이걸 받아들이기에 내 10대의 감성은 너무도 유약했고 앨범 재킷만으로도 트라이할 생각조차 못 할 만큼 그것들을 터부시 했다. 그렇게 헤비메탈은 나와 상관없는 장르로 굳어 갔는데.

Alice Cooper도 나의 이런 선입견에 손해를 본 뮤지션 중 하나였다. Black Sabbath나 Iron Maiden처럼 개성 넘치고 강렬한 이미지만으로 철저히 외면당했고 20대가 되어서야 겨우 Alice Cooper가 'You and Me'를 불렀다는 걸 알게 될 정도로 나는 헤비메탈과 거리가 멀었다.

'You and Me'는 1977년 발매된 앨범 Lace and Whiskey의 수록곡으로 올드팝으로 자주 소개된 곡이라.

그 곡을 만나고 나서야 비로소 난 Alice Cooper란 이름을 알게 됐으니.

'얼마나 충격을 받았던지. 수록곡 전부를 이해하는 건 더 먼 훗날의 일이었지만 어쨌든 내 블랙리스트에서는 벗어났지. 미안해요. Alice Cooper.'

다음 곡은 Dream Theater의 Another Day였다.

1992년 발매된 앨범 Images and Words의 수록곡으로 기타리스트인 John Petrucci가 암 투병 중인 아버지를 생각하며 작곡한 곡이었다.

수많은 기타 솔로의 심장을 두드리고 커버하게 만든 곡으로 이 때문에 드림 시어터의 실력이 더 유명해졌다.

앨범 자체가 너무 뛰어났다. 컨셉의 충실도, 탄탄한 곡 전개, 연주 실력 어느 것 하나 부족함이 없는 거의 완벽에 가까운 밴드였으나 상상외의 곳에서 약점을 노출했다.

바로 들쑥날쑥한 보컬.

팬들 사이에서 제임스 라브리에의 목 관리 좀 하라는 핀잔을 들을 정도니 말 다 한 셈.

Another Day는 슈퍼밴드인 Dream Theater의 곡 중에서도 대중적으로 가장 친화적인 곡이라 골랐다.

다음 곡은 Stratovarius의 Forever였다.

스트라토바리우스는 핀란드 그룹으로 1984년에 결성, 내가 선택한 Forever는 1996년에 발매된 앨범 Episode에 수록되어 있었다.

같은 해 KBS 드라마 '첫사랑'의 OST로 사용되며 한국에서 큰 인기를 끌었는데.

이 한 곡으로 밴드 Stratovarius의 성격을 판단한다면 큰 오산이었다. Forever는 순전히 쉬어 가는 개념으로 내놓은 것이고 그들은 깜짝 놀랄 만큼 강력한 하드메탈을 추구했다.

휘이익.

ㅋ아아아아이이이이익……

마지막으로 모던록 하나 정도는 끼워 넣어야 할 것 같아 넣었다.

Lifehouse의 First Time.

Lifehouse는 LA 출신 록 밴드로 First Time은 2007에 발매한 앨범 Who We Are에 수록돼 있었다. 사랑에 빠졌을 때의 두렵고도 설레는 감정을 표현한 비교적 달달한 곡.

보컬 Jason Wade의 시원한 가창력에, 연주실력도 원체 에너지가 넘쳐 밴드계에서도 전도유망으로는 손꼽힐 정도.

First Time도 앞선 세 곡과 같이 그들의 지향점에서는 무척 대중적이라 고르긴 했는데.

살짝 망설여지는 경향도 있긴 했다. 과연 한국인이 받아들일 수 있을까?

뭐, 못 받아들이면 말고.

내가 굳이 헤비메탈 류의 곡들로만 가져온 건 다른 이유가 없었다.

조용길이 지금 한창 얼터너티브 록에 빠져 있고 그 길로 가는 길목에 서 있기 때문에 이왕 갈 길이라면 먼저 헤비메탈의 진수부터 접해 보는 것이 괜찮다 싶어서였다. 개러지 록까지 갈 필요 없이 말이다.

그런 다음 얼터너티브 록을 달린다면 정리가 훨씬 더 간편해지지 않겠나? 지향점은 결국 흐르고 흐르는 법일 테니.

"어때요?"

"······."

"······."

"별로예요?"

대답이 없길래 슬쩍 치우려고 했더니 조용길이 내 손을 잡고 이호진이 앞을 가렸다.

"······이걸 우리더러 하라고?"

"왜요? 어려워요?"

"아니, 그게 아니라 이런 곡을 우리에게 주겠다는 거야?"

"이쪽으로 관심이 많은 것 같아서 뽑아 봤는데 싫으세요?"

Guns N' Roses의 Sweet Child O' Mine도 넣을까 하다가 뺐다. 지금쯤이면 한창 데뷔 앨범 작업 중일 텐데 괜히 찬물을 끼얹기 싫어서라고 말한다면 너무 가식적인가?

아깝게 놓친 곡은 또 있었다.

Bon Jovi의 Livin' on a Prayer.

시기상 안 맞아 못 넣긴 한 건데 이것도 역시 겁나 아깝다.

"······."

"······."

대답을 안 하길래 카세트를 빼려 했다.

다시 내 손을 잡는다.

"기다려 뵈. 좀."

"맞아. 왜 이렇게 급해."

"생각해 보니까 너무 강렬한가 해서요. 발라드도 겨우 시작한 나라인데 부담되시면 다른 곡으로 가져올게요."

"아니야. 이걸 들었는데 어떻게 안 해. 용길아, 너도 말 좀 해 봐."

"으웅? 맞아. 나 이거 할 거야."

손에 쥔 사탕을 빼앗기지 않으려는 아이처럼 테이프를 움켜쥐었다.

다시 한번 물어봤다.

"하실 거예요?"

"웅."

"분명히 한다고 하셨어요."

"웅, 할 거야."

"그럼 나머지 4곡은 알아서 채워 주세요. 이 정도는 해 주실 수 있죠? 저도 페이트 5집 작업 들어가야 하니까요."

"알……았어."

겨우 대답을 마쳤을 때 정은희가 고개를 빼꼼 내밀며 지군 레코드 사장의 등장을 알렸다.

내 허락에 성큼 들어와 알아서 소파에 앉는다.

"여기 다 모여 있었네. 하하하하하."

시작부터 너무 웃는다.

"좋은 일 있으세요?"

"그럼, 좋은 일이 있지. 근데 장 총괄이랑만 긴히 상의해야 해."

다 나가란 소리다.

안 그래도 빨리 연습하고 싶어 들썩이던 조용길과 이호준은 옳다구나 밖으로 나갔고 지군레코드 사장은 그 모습을 보며 자기 말에 고분고분하다고 좋아했다.

"무슨 일이신데요?"

"대박 사건이야."

"대박 사건이요?"

"소니가 CBS뮤직을 인수한댄다."

"예?!"

"죽이지? 이야~ 소니가 결국 일냈어. 세계 4대 뮤직 회사인 CBS뮤직을 다 먹다니."

깜짝 놀랐다.

본래 이 건은 1987년도에 일어났다가 1988년에 이르러 본격적인 궤도에 오른다.

CBS의 주식을 매수한 소니 그룹이 다음 타겟으로 자회사인 CBS소니, 에픽소니(EPIC Sony), CBS소니레코드, 소니 비디오소프트웨어 인터내셔널을 인수·합병하고 모든 걸 통합, 독립법인으로 분가하여 1991년에야 비로소 소니 뮤직으로 탄생되는데. 그 시기가 1년이나 빨라졌다.

"어떻게 아신 거예요?"

"어떻게 일긴. 소니에서 슬쩍 알려 준 거지. 나만 알라고. 아니, 너한테만 알리라고."

"저한테만이요?"

"페이트 앨범 말이야. 5집도 지금까지의 퀄리티를 유지할 수 있냐고 묻더라. 아! 그리고 페이트 1, 2집도 재녹음해 줬으면 좋겠다고 했어."

"재녹음은 또 왜요?"

"8채널이었잖아. 24채널용으로 해 달라는 거지. 소니가 네 앨범을 세계적으로 밀려고 작정했나 봐. 대박이지 않냐?"

광분하여 침 튀기는 지군레코드 사장처럼 일이 심상치 않게 돌아가긴 했다.

CBS뮤직을 인수하며 CBS가 가진 기반을 흡수함으로써 세계적 음반사로서 외양을 갖추긴 했지만, 소니는 동시에 증명해야 했다. 세계 무대도 씹어 먹을 수 있다고.

그 선봉장으로 나, 즉 페이트를 낙점한 것이다.

'설마 페이트 성공이 시기를 앞당긴 건가?'

"언제로 잡고 있대요?"

"여름이래."

"일본 시장은 어떻게 하겠대요?"

"분리하겠대."

각자 알아서 발매하겠다?

여러모로 나에게 유리하였다.

"알았어요. 여름에 맞춰 작업해 놓을게요."

"오케이! 그럼 난 이 사실을 전해 줄게. 그래도 되지?"

"아! 1, 2집 다시 녹음한댔잖아요."

"응."

"위대한 탄생부터 보낼게요. 사운드부터 해결해 놓으면 가수들은 언제든 와도 되잖아요."

"그렇지. 알았어. 3호실은 언제든 열어 놓을 테니까 보내기나 하셔요. 하하하하하, 나 간다."

"안녕히 가세요."

"그래, 이번에도 파이팅이다."

느슨해지던 너트가 꽉 조이는 느낌이 들었다.

그러다 깨달았다. 나도 타성에 젖어 있었음을.

연이은 성공으로 매너리즘이 찾아온 모양.

찬물 세례를 한번 거하게 받은 느낌이었다. 정신이 다 맑아지네.

"북미 진출이 앞당겨졌다?"

소니 뮤직은 페이트 5집으로 신고할 셈이다. 세계 무대 진입을.

즉 타겟이 달라졌다는 건 페이트 5집의 구성도 달라져야 한다는 것.

나로서도 북미는 증명해야 할 무대였으니.

"어떻게 할까?"

본래 5집은 U2의 곡을 네 곡이나 삽입했다. 재미 삼아 Macarena도 끼워 넣었다. 이렇게 해도 일본에서의 성공은 자신 있었는데.

세계란 공룡이 기다린다.

"안 되겠어. 두 곡은 빼자. 마카레나도 빼고…… 그럼 세 곡이 비네."

무엇을 더 넣을까?

잠시 고민하는 중 조용길의 얼굴이 떠올랐다.

얼터너티브 락, 헤비메탈.

"오케이, 그거면 충분히 통하겠지."

마침 좋은 곡도 있었다.

Scorpions와 Bon Jovi라면, 이 둘이라면 누구도 이견을 달지 못할 것이다.

"마무리해야겠어."

넋 놓고 있을 시간이 없었다.

서둘러 집으로 갔고 기억 속 연간 목록을 뒤졌다.

페이트 5집을 재구성하는 사이,

페이트 1, 2집의 재녹음이 진행되었고 조용길은 내가 준 네 곡을 따로 연습해 와서 다섯 번 넘게 컨펌 받았다.

평소라면 내가 붙어 다니며 조언해 주겠지만, 사정이 그렇게 돌아가지 않았다. 조용길도 무슨 얘긴지 알아듣고는 이후 거의 방해하지 않았다.

그렇게 페이트 5집 가녹음 날이 왔다.

인사고 뭐고 바로 시작.

첫 곡은 I Still Haven't Found What I'm Looking For였다.

1987년에 발매된 U2의 앨범 The Joshua Tree의 수록곡으로 대외적으로 가스펠에서 영감을 받고 가사 또한 영적인 그리움을 묘사한다고 알려지긴 했으나 내가 느끼기엔 U2의 곡 중 컨트리풍이 가장 강하지 않나 생각되는 곡이었다. 그래서 더 U2 골수팬들이 열광하는 곡 같았고 지금쯤이면 아직 코드도 나오지 않았을 때라 먼저 찜했다.

나는 이 곡을 불후의 국민가요 중 하나인 '아파트'를 부른 윤수인에게 줬다. 백인 혼혈로 만만치 않은 삶을 산 그를 택

111

한 이유는 단 하나였다. 내가 가진 인력풀에서 U2의 분위기를 살릴 유일한 음색이라서.

두 번째 곡도 역시 U2의 With Or Without You였다.

The Joshua Tree의 수록곡.

U2의 곡 중 세계적으로 가장 널리 알려진 곡.

나에게도 U2란 존재를 처음으로 각인시킨 곡이라.

가져오는 데 양심이 아플 만큼 고민이 컸다.

이도 윤수인에게 줬다.

I Still Haven't Found What I'm Looking For도 적응 못 하다가 어느 순간 록의 진수를 깨달은 표정이 된 윤수인이라면 어떻게든 해낼 것으로 믿고.

물론 분위기를 낼 때까지 세밀한 프로듀싱은 덤이다.

세 번째 곡은 Scorpions의 Wind of Change였다.

1991년 발매된 앨범 Crazy World의 수록곡으로.

본래 구소련 고르바초프가 실행하던 페레스트로이카(개혁 정책)와 글라스노스트(개방 정책)에 의한 동유럽 정치 변화와 더불어 베를린 장벽 붕괴의 상징으로 괭한한 의미 부여가 될 곡이었으나 시기가 다른 관계로 한국 군부 독재에 신음하는 민중의 바람 정도로 살짝 개사했다.

곡의 완성도는 할 말이 없었고 난 이걸 4집에서 Creep을 애타게 불러 준 최호선에게 줬다.

특유의 휘파람 소리와 담담히 말하듯 노래하는 음색이 찰떡같이 어울리며 최호선은 어느덧 스콜피온스스러운 사람으로 변해 갔다.

네 번째 곡은 X-JAPAN의 Endless Rain이었다.

X-JAPAN의 네 번째 싱글이자 1989년 발표한 앨범 Blue Blood에 수록된 곡으로 앨범 레코딩사였던 소니가 기존 곡에서 대중적인 발라드를 한 곡 따로 요청하면서 탄생한 곡이었다.

요쉬키의 답변으로는 33살에 요절한 아버지를 기리며 만들었다고.

2000년대에 들어서도 여전히 수많은 광팬을 거느리는 X-JAPAN의 출세 곡으로 나도 그 팬 중 하나였다. 마땅히 페이트 앨범에 오를 자격이 있었고 나는 이 곡을 나의 soulmate인 조용길에게 줬다.

조용길의 깊이라면 요쉬키의 심정을 충분히 커버 가능하다 판단했고 다만 하나 우려스러운 부분은 곡 전반으로 걸쳐진 고음역대였다.

이걸 어떻게 소화하느냐.

그러나 노파심이었다. 토신의 보컬에 못지않은 조용길표 Endless Rain이 완성됐다.

다섯 번째 곡 역시 X-JAPAN의 곡으로 Tears였다.

1993년에 발매한 앨범 Tears의 동명곡.

X-JAPAN 역사상 최대 히트곡이었으며 전체적으로 고음 구간이 많고 후렴구에는 하이C(3옥타브 도)의 음이 반복되는 고난도 곡으로 너무나 유명하였다.

이 곡 부르다 여럿 무릎 꿇었고.

Endless Rain과 같이 요쉬키가 요절한 아버지에 대한 그리움을 담아 작곡했다 했는데.

한국에서는 '잠시만 안녕'이라는 이름으로 리메이크됐다.

X-JAPAN을 작업하며 난 이런 의문이 살짝 들었다.

X-JAPAN이 10년만 늦게 태어났으면 어땠을까. 그들이 조금 더 넓고 큰 무대에 섰다면 어땠을까? 아마도 더 훌륭하게 성장하지 않았을까?

그만큼 빛나는 재능이 있었으니.

조용길의 핏대가 오랜만에 섰다.

버거워하면서도 최선을 다해 불러 주었고.

오케이.

여섯 번째 곡은 George Michael의 Faith였다.

1987년 듀오 Wham에서 솔로로 전향한 George Michael의 첫 앨범 Faith의 동명곡.

나오자마자 폭풍 같은 인기를 끌었고 그해 거의 모든 상을 휩쓸다시피 했다.

개인적으로 그리 마음에 드는 곡은 아니었지만, 상징성 때문에 넣어 봤다.

'교만은 패망의 지름길이라는 걸 알려 주는 좋은 예시라서.'

이런 일이 있었다.

앨범 Faith의 대성공 후 싱어송라이터로서 입지를 다진 조지 마이클은 조금 더 진지하면서도 자기 색깔이 많이 들어간 파격적인 변신을 꾀하게 되는데.

음악적 다양성 시도는 물론 앨범 자켓에서 자기 얼굴을 빼버리는 짓을 벌인다.

CBS를 인수하며 한창 예민해진 소니 입장에서는 기겁할 일.

도시락 싸 들고 다니며 만류했음에도 조지 마이클은 끝까지 관철했고 결국 팬들이 못 알아볼까 안달복달한 소니가 이미 만들어진 자켓에 조지 마이클의 얼굴을 땜빵해 버리는 짓을 저지르게 된다.

앨범은 당연히 폭망.

그 탓을 소니에게 돌린 조지 마이클은 계약 해지를 요구했고 괘씸해진 소니는 일절 응하지 않았다.

이 일로 6년간의 길고 긴 법정 싸움이 벌어지게 된다.

그리고 어느 순간 누구의 잘못도 중요하지 않게 된다.

소니는 강성했고 앞길이 창창하던 뮤지션은 6년간 아무것도 하지 못한 채 사그라들었고 그것으로도 모자라 커밍아웃이라는 악재가 겹치며 완전히 모습을 감추게 된다.

나는 이 곡을 송골맨에서 솔로로 전향한 구창무에게 맡겼다. '희나리'로 한창 주가를 끌어올리며 2집 준비 중인 그였으나 나의 부름에는 냉큼 달려와 응했다.

일곱 번째 곡은 All 4 One의 I Swear였다.

1993년 미국의 컨트리 가수인 존 마이클 몽고메리가 발표한 곡을 R&B그룹 All 4 One이 가져가 1994년에 싱글로 발매, 대박친 곡.

I Swear는 본래 컨트리 뮤직이었다.

Boyz II Men이 '신이 내린 목소리'라는 찬사를 받으며 90년대 초반을 독식하고 있을 무렵, 혜성같이 등장해 Boyz II Men의 대항마로 떠오른 All 4 One은 이 한 곡으로 빌보드 정상에서 무려 석 달간 죽치고 앉아 버리는 짓을 저지른다.

R&B이면서도 아카펠라에 가까운 이 곡을 난 공교롭게도 지난 3집 작업 때 한국 재즈보컬리스트 1세대라 소개하고 End Of The Road를 부른 김춘에게 주었다.

아카펠라까지 알아서 소화하라고.

여덟 번째 곡은 Bon Jovi의 Always였다.

1994년에 발매된 Bon Jovi의 첫 컴필레이션 앨범 Cross Road의 수록곡으로 한국인에게 가장 많이 사랑받은 곡 중 하나였다.

본디 Always는 1993년 영화 Romeo Is Bleeding의 OST를 위해 쓴 곡이었다. 하지만 대본에 비해 너무나 질 떨어지는 영화 수준에 본 조비는 기겁해 OST로 쓰길 거부했고 그 때문인지 1995년 이후 5년간 라이브 무대에 올리지 않은 비운의 곡이 돼 버렸다.

페이트 5집을 진행하며 제일 고민한 부분이 이 곡이었다.

이 명곡을 누구에게 줘야 옳을까?

인력풀을 몇 번이나 돌려 봐도 본 조비의 단단한 음색을 따라올 자가 없었다. 결국 마이클 볼트에게 SOS.

그에게 주문한 건 별다른 게 아니었다.

초반은 담담하게 읊조리듯 후반 폭발할 때는 소울을 빼고 록 발성만으로 버텨 달라는 것이었다.

숨길 수 없는 소울 본성 때문에 고생하긴 했지만, 마이클 볼트도 평소 록을 즐겨 듣고 있었고 Always의 매력에 흠뻑 빠진 터라 연습은 순조롭게 끝났다.

마이클 볼트도 이렇게 히트곡이 하나 더 늘었다.

아홉 번째 곡도 역시 Bon Jovi의 곡으로 It's My Life였다.

내 인생 곡.

2000년에 빌매된 밀레니엄 컴백 앨범 Crush에 수록된 곡으로 Bon Jovi가 '한물 갔다', '해체한다' 얘기가 나돌던 시점

화려한 부활의 신호탄을 쏘았던 곡이었다.

차트 성적은 시원치 않았지만.

꾸준한 판매량으로 더블 플래티넘을 기록하였고 무엇보다도 젊은 층에 Bon Jovi의 이름을 알렸다는 점에 큰 점수를 주는 곡이었다.

이 곡을 난 우리 인건이 형에게 맡겼다. 인건이 Life도 있고. My Life도 있고.

1집에 비해 진일보한 실력이 It's My Life란 Bon Jovi 찬가에 휩쓸리지 않아 아주 흡족했다.

적응 못 하는 건 다소 빠른 템포뿐.

물론 이도 '춤추는 폼포코링'을 겪어 본 터라 오랜 시간이 필요하지 않았다.

내 보기엔 인건이 형의 포텐 터진 날이 바로 이날이 아닐까 생각될 정도라.

상호간 호환은 훌륭했다.

대망의 열 번째 곡은 Fools Garden의 Lemon Tree였다.

1995년 발매된 앨범 Dish Of The Day의 수록곡으로 한국에 널리 알려진 건 상큼한 목소리로 유명한 가수 박혜견이 2008년에 리메이크하면서였다. 동명곡으로 미국의 포크 가수 월 홀트가 1960년 작사 작곡한 Lemon Tree가 또 있는데 여러 명이 커버한 걸 들어 봤지만, 전혀 다른 곡이었다.

언뜻 코믹하기도 하고 비틀즈와 스팅을 적당히 섞어 놓은 듯한 독일 무명 시골 밴드가 밖으로 나오며 세상을 놀라게 했다.

Fools Garden은 Lemon Tree 한 방으로 단번에 세계적인 스타가 되었고 듣는 순간 왜들 이 곡을 좋아하는지 자동으로 알게 될 정도라.

나도 페이트 5집이란 폭풍 같은 록과 헤비메탈의 홍수 속에서 잠시 환기시키는 용도로 넣었다.

하지만 계속 듣다 보니 내가 다 고마웠다.

게다가 유일한 여자 솔로.

당연히 박혜견 버전으로 들어갔다.

가수는 '사랑사랑 누가 말했나'로 유명한 남궁옥빈.

그녀의 음색에서 포크적인 색깔을 빼고 산뜻함만 넣는 건 꽤 고난한 작업이었지만 해 놓고 보니 이렇게 잘 어울릴 수가 없었다.

so good!

엔화가 갑자기 100엔당 505원을 돌파했다.

300, 400원에서 놀던 것이 이슈도 없고 사고도 없는데 몇 달도 안 돼 이만큼이나 뛰었다.

조짐이 좋지 않은데도 일본은 여전히 샴페인 터트리느라

정신없었다.

기업은 사람 구하기 힘들어 난리고 면접 교통비로 몇천 엔씩 얹어 주는데도 오겠다는 사람이 없다. 거리는 밤만 되면 불야성이고 사람들은 흥청망청, 이런 날이 영원히 이어질 것처럼 굴었다.

부동산 불패, 주식 불패.

이 시기 일본이 이랬다. 브레이크 걸어야 할 일본 정부는 도리어 가속을 부추겼고 변함없는 낙관론으로 일관했다. 개인이고 사회고 국가 모두가 보란 듯이 손잡고 늪으로 걸어 들어가고 있음에도 위험하다는 인식이 없었다.

그럴수록 나의 입가는 흐뭇하게 올라갔다.

그들의 부가 곧 나의 부가 될 날이 얼마 남지 않았기 때문이다.

그때까지 최대한 꿀을 빨자는 다짐을 하고 있을 때 서독의 J&K도 밀려드는 주문량에 비명을 지르고 있었다.

"예예, 바로 보내겠습니다. 저희도 나오는 대로 보내고 있어요. 아시잖아요. 곧 4, 5, 6공장이 완료될 예정이에요. 그때는 풀로 밀어 드릴게요."

"예예, 아까 출발했습니다. 조금만 기다려 주십시오."

"안 됩니다. 그 물량은 다 못 맞춥니다. 50% 정도로 만족하세요. 조금만 기다리면 공장이 완성돼요. 조금만……."

작년에 한 조언을 무시하지 않고 대출까지 받아 가며 4, 5,

6공장을 준공했고 거의 완료 단계에 와 있건만 어느새 그것으로도 장담 못 할 지경에 이르렀다.

히트 상품이 이랬다.

히트 상품이 된 순간 핸들러에게 다른 핸들러가 들러붙는다. 그 물량만큼, 그 마진만큼 파워스의 가격차가 지역별로 크게 날 수밖에 없음에도 판매량은 한결같이 상승 곡선을 그렸다. 이는 솅겐 조약을 승인한 국가가 늘어 갈수록 더욱 가파르게 치솟았는데 파워스는 이제 없어서 못 파는 상품이 돼 버렸다.

쾰른시도 난리가 났다.

시장이 직접 방문해 행정에 불편한 게 없는지, 건드리는 놈이 없는지, 자금은 더 필요하지 않는지 살폈고 강신오는 당당하게 서독 교민을 위한 학교를 지어 달라 요청했다. 아파트는 우리가 짓겠다고.

아주~ nice!

다시 한국으로 돌아와.

"대운이 잘 있지? 그래, 뭐 부족한 거 있으면 교장 선생님한테 찾아오고. 알았지?"

"김 선생, 천재는 함부로 참견하면 안 되네. 그냥 내버려 두게. 알아서 하는데 끼어들지 말고. 내 말 명심하게."

"대운이의 특기는 피아노니까 잘 활용해 보게. 연주 한번 들어 보면 내가 왜 이런 애길 하는지 알게 될 테니까."

내 학교생활도 순항 중이긴 했다.

작년 그 사건 이후 건드는 사람이 아예 없다시피 한 생활이 건만 교장마저 수시로 들러 무슨 일이 없는지 살피는 바람에 담임이 아주 꼼짝 마라였다.

내 이름은 반포 국민학교에서 제일 유명하였고 내 실력이 드러날수록 내 이미지는 사고뭉치에서 괴짜 명물이 되어 갔다.

한태국과 최연주는 아쉽게도 다른 반이 됐다. 쉬는 시간마다 찾아오는 바람에 떨어진 건지 아닌지 헷갈렸지만 어쨌든 이 둘과는 여전히 끈끈했다. 아마도 꽤 오래 볼 것 같은 예감이라 나도 성의껏 챙겼다.

당연히 오필승의 일과도 잘 돌아갔다. 내가 딴짓에 정신 팔린 동안에도 김연을 필두로 한 오필승은 탄탄했다.

가요톱열 1위에 이문셈의 '난 아직 모르잖아요'가 자리 잡았다. 그 뒤를 민애경의 '사랑은 이제 그만'이 바짝 쫓고 최성순의 '남남'도 발매만 한다면 차트 진입에 성공할 것이다.

"잘됐네요."

김연이 아니었다면 정말 한국 활동은 올스톱일 것이다.

"근데 요즘 들어 페이트를 찾는 사람들이 부쩍 많아졌습니다."

"예?"

"페이트 앨범을 들고 와서 고개를 갸웃대는 사람들이 많아졌다는 얘기입니다. 우리 사옥 앞에서 말이죠."

"아~."

"오필승의 로고와 비교하며 맞다고 소리 지르는 사람들도 간혹 보이고요."

피식 웃는다.

"……"

"어떠십니까? 슬슬 총괄님이 말씀하신 때가 다가오는 것 같지 않습니까?"

재밌다는 건지 심각하다는 건지 김연은 오묘한 표정을 지었다.

나도 그저 웃었다.

사실 이만큼도 오래 잘 숨은 것이다. SNS도 없고 미디어도 그리 발달하지 않은 때가 아니었다면 1년도 못 숨었을 텐데.

"대세는 거를 수 없겠죠. 저도 마음의 준비를 해야겠네요."

"대놓고 홍보하지는 않겠지만, 저도 그때를 고대하고 있겠습니다."

"그래요. 도대체 그날이 언제 오는지 우리 한번 지켜봐요."

"알겠습니다. 그만 현황 정리는 마치…… 아! 한 가지가 더 있군요."

"……?"

"소울트레일이라고 일전에 외국인 전용 클럽에 대해 말씀 드린 적 있지 않습니까?"

"아, 예."

기억난다.

힙합 공부하라며 김연을 내돌렸을 때 뚫은 몇 군데 클럽 중

하나였다. 전설의 '문나이트'도 이때 애기가 나왔다.

"저번에 분위기나 보러 방문했는데 한국 애가 하나 보이더 군요."

"그래요?"

"어쩌다 들렸나 했는데 갈 때마다 있습니다. 흑인들 사이 에 껴서 곧잘 춤도 추더군요."

"누군가요?"

"이름이 허현섭이라고 합니다."

허현섭.

현진형의 본명이었다.

'흐린 기억 속의 그대'로 대표되는 90년대 초반 대한민국 가요계를 휩쓴 댄스 힙합계의 일인자.

이 사람이 이때부터 이쪽 계통에 있었던 모양.

"흑인들과 격의 없이 어울리는 게 기특하기도 하고 귀엽고 예쁘게 생겨서 물어봤습니다. 어디에서 사냐고요."

"예."

"그러다 생각지도 못한 이름을 듣게 됐습니다."

"……?"

"이순만. 그 사람이 기획사를 차릴 예정이더군요. 현섭이 는 이순만 씨가 대놓고 키우는 애였습니다."

1990년 현진형과 와와란 이름으로 싱글 '야한 여자'가 나온 다. 같은 해 8월 정식 1집 New Dance vor. 1에서 '슬픈 마네킹'

이 나오고.

이때 '와와' 1기가 훗날 댄스 듀오로 성공하는 클롬이었고 2기가 강원내의 아내가 된 김손, 요절한 김선재이고 3기가 힙합 듀오인 듀슨, 4기가 지눈선의 선이라.

그 계보가 기억 속에서 촤르르 지나갔다.

"유학 갔다더니 돌아온 모양이에요."

"알아보니 그 사람도 힙합을 꽤 공부한 모양이더군요. 맥을 잘 짚은 것처럼 보였습니다."

"그런가요?"

"예, 처음엔 저도 어색하고 난해해서 힘들긴 했는데 알면 알수록 무궁한 장르인 걸 알았잖습니까? 그중에서 최고는 역시 총괄님 음악이겠지만 다른 이들도 배운다면 못지않게 성장할 것 같습니다."

"한계도 명확하죠."

"맞습니다. 우리로선 제대로 맛을 낼 수가 없더군요. 어떻게 해도 흉내 내는 것 같고."

"어쩔 수 없는 문제예요. 애초 우리 음악이 아니잖아요. 저들더러 판소리 한마당을 해 보라면 똑같이 어색할 거예요."

"……그렇군요."

"그렇다 해도 또 이대로 놔둘 수도 없겠죠."

"예."

단지 몇 마디에서도 느낄 수 있을 정도로 김연은 고민이 많았다.

원해서 한 시작은 아니었더라도 진지한 접근법은 결국 힙합의 정수를 알아채게 했고 또 딜레마에 빠지게 했다.

좋은 건 알겠는데.

대중이 좋아할까?

나도 오늘은 한 발 더 나갔다.

"실장님, 90년대 가요계는 무엇이 대세가 될 것 같나요?"

"음……."

역시 고심이 길었다.

관심 없고 모르는 게 아니라 너무 많아 고르질 못하겠다는 표정이 나왔다. 설사 다른 곳에 초점이 맞춰져 있다 한들 결국 또 이게 핵심일 것이다.

어떤 걸 해야 대중이 좋아할까?

그렇기에 김연을 좋아할 수밖에 없었다. 뭐라도 주면 멈추는 법이 없으니까.

"대호황기가 올 거예요."

"……?"

"유사 이래 이런 시대가 없을 만큼 돈이 나돌고 장밋빛 청사진에 온 나라가 취해서 흔들거릴 거예요. 가요계는 1백만 장 앨범이 심심찮게 나올 테고 그런 가요계를 실생활에서 음악을 접한 세대들이 휘어잡을 거예요."

"실생활에서 음악을 접한 세대들……."

"트로트부터 발라드, 댄스, 힙합, 록, 아이돌 등등 장르도 또한 대폭발의 시기를 맞겠죠. 제가 보기엔 적당한 시기에 제대로 들어간 고민이에요. 실장님은 틀리지 않았어요. 믿으셔도 됩니다."

"어떤 결론이 나도…… 믿어 주시는 겁니까?"

결국 그 끝엔 내가 있다는 건가?

기준을 확실하게 심어 줘야겠다.

"돈 무서워하지 마세요. 대호황기입니다. 페이트마저 북미에 진출해요. 돈은 어떻게 써도 계속 늘어날 거예요. 제가 전에 말씀드렸지 않나요? 이제 우리에게 흥행은 고려 사항이 아니라고. 가치 있는 음악을 가치 있게 내보내는 게 중요해요."

"아……."

"사족인지 몰라도 한 가지를 더하자면, 제가 실장님을 믿는 만큼 실장님도 스스로를 더 믿어 보시는 건 어떨까요? 그러면 참 좋은 것 같은데요."

"……!"

미래를 알 수 없기에 인간은 갈림길에서 갈팡질팡한다.

갈팡질팡은 인간이기에, 인간이라서 지는 어쩔 수 없는 멍에와 같았다.

에덴에서 쫓겨난 인류가 맞닥뜨린 건 끝없는 선택의 연속이었으니 무한을 수렴하는 경우의 수 앞에 선악과를 먹고 깨우친 선택의 자유란 결국 아무 의미 없는 외침에 불과했음을 그때는 몰랐다.

남겨진 후손들만 그저 돌다리를 두드리며 걸어갈 뿐.

이는 회귀자인 나조차도 예외가 아니었다.

인간이란 존재 자체가 그렇게 생겨 먹었으니까.

"⋯⋯."

아! 무슨 일이 있어 하는 말은 아니었다. 요즘 들어 자꾸 머릿속으로 들어오는 화두라 몇 자 적어 본 거다.

◇ ◆ ◇

서울대 원예과 1학년생이 학생회관 4층 옥상 난간에 올라 '파쇼의 선봉 전두환을 처단하자' '미 제국주의는 물러가라'를 외치다 분신자살했다. 고려대생 9명이 주한 미국 대사관 점거를 시도하다 전원 체포됐다. 문익한 민통련 의장이 서울대 강연과 관련해 체포됐다. 단국대생 2백여 명이 '전방 입소 거부 및 군사 교육 전면 철폐 투쟁 선언 대회'를 개최하였다.

이러고 있을 때.

미국 하원에서는 출석 의원 413명 전원 찬성으로 한국의 민주화 결의안과 북한의 인권 개선 촉구 결의안을 채택하며 휘발유를 뿌렸다.

화르륵 화르륵

나라 전체가 불타올랐다.

언론은 쉬쉬 최대한 감추려고 노력했지만.

학생들은 어느새 다 알아 버렸고 분노의 화염병을 던졌다. 이에 대응한 경찰은 최루탄에 완전무장한 전경들로 길이란 길은 다 막아섰고 86 아시안 게임이 다가올수록 시위는 더욱 격렬해졌다.

"……내가 정말 역사의 한가운데에 서 있나 봐."

아직 어린 관계로 무엇을 한다거나 다가갈 수는 없었지만 대신 두 눈으로 똑똑히 봐 줬다.

그들의 피, 그들의 눈물, 그들의 헌신 그리고 그들을 억압하는 압제.

이 순간만큼은 훗날의 변절 따윈 떠올리고 싶지 않았다.

자기 전화 목소리 못 알아들었다고 개꼰대짓하고 그렇게 경멸해 마지않던 기득권에 충성하며 아웅다웅 얼굴이나 붉히던 그들도 지금은 적어도 이때는 순수했으니까.

아닌가? 될성부른 나무는 떡잎부터 알아본다 했으니 애초 틀려먹은 놈들인가?

똑똑똑

"예."

회상을 깨듯 정은희가 고개를 빼꼼 내밀었다.

"백 팀장이 뵙고자 합니다."

언제 들어도 좋은 목소리다.

백은호는 경호 인력이 늘어남에 따라 팀장으로 직책이 상승했다. 직급도 대리로 진급, 팀장 명함을 받았으니 대외적으로는 과장급이었다.

"들어오시라 하세요."

"예."

정은희가 나가자마자 백은호가 들어와 무언가를 조심히 내려놓았다.

"이건 뭔가요?"

"세운상가의 그것입니다."

"아! 완성했나요?"

"여기……."

보따리를 푸는데 주먹만 한 기기가 보였다. 가는 선들이 줄기차게 이어진.

"이 부분이 바로 렌즈입니다. 이 렌즈를 단추나 옷 사이에 끼우면 감쪽같이 가릴 수 있습니다. 이 기기는 허리에 매면 됩니다."

"녹음 기능은요?"

"여기 구멍 뚫린 곳으로 소리를 받습니다. 이것 때문에 시간이 오래 걸렸다고 했습니다. 내장시키느라."

"시험은 해 봤어요?"

"가동해 봤는데 녹음은 옷 속에 있어도 잘 들렸고 화면도 누군지 알아볼 정도는 됐습니다."

이것저것 설명하는데 제일 문제는 메모리였다.

녹화 시간이 채 5분을 넘기지 못했다.

녹화 시간을 늘리려면 기기 크기를 키워야 하는데 그래선 몰카로서 의미가 없고.

결정적일 때가 아니면 쓸 수 없는 물건이라.

80년대에 이것만도 어디냐 할 수 있겠지만 들어간 돈이 대당 1천이었다.

"크기는 유지하되 녹화 시간을 늘릴 방법을 찾아봐 달라고 하세요. 연구비도 더 지원하고요."

"아…… 예."

"진심이니까 백 팀장님이 자주 들여다보며 관리해 주세요."

"알겠습니다. 복기도 즐거워했습니다. 꼭 Q박사가 된 것 같다고요."

Q박사는 영화 007에 나오는 박사였다. M16 소속으로 극중 제임스 본드가 사용하는 기상천외한 물건을 만드는 사람.

"수고해 주세요. 다른 건 말고 녹화 시간을 늘리는 방법만 찾으면 되겠어요."

"예, 그리 전하겠습니다."

소니 뮤직의 미국 진출이 본격적으로 진행됐다.

있는 듯 없는 듯 조용히 CBS 레코드 그룹을 집어삼킨 소니는 이후 전략을 대폭 수정하여 파격적인 행보를 시작했다.

속전속결.

60년 전통의 CBS 레코드 그룹이 이룩한 기반과 네트워크를 무서운 속도로 잠식하고 또 동시에 대대적인 홍보를 하며 미국 사회에 일본 자본이 진출했음을 알렸다.

논란은 생각보다 거셌다.

감히 외국 자본이 미국의 자존심 중 하나인 CBS 레코드 그룹을 인수하는 게 맞느니 아니니 한동안 시끄러웠다.

하지만 소니는 소니였다.

자본 침략 혹은 경제 침략이 아닌 미국의 친구로서 더 좋고 더 빠른 서비스를 약속하였고 뒷문으로는 막대한 로비질로 여론을 점점 우호적으로 만들었다.

그 선봉에 With Or Without You를 세웠다.

소니 뮤직은 캐치프레이즈부터 With Or Without You(당신이 있든 없든) I'll always be with you(언제나 당신과 함께 하겠다)를 내세웠고.

아메리칸의 영광을 위해서라면 무엇이든 받아들일 준비가 된 미국인의 편리한 인식 체계는 소니를 더 이상 밀어내지 않고 지켜보는 수준으로 바뀌었다.

그 덕에 With Or Without You는 소니의 인지도만큼 올라갔다. 거리마다 윤수인 버전 With Or Without You가 흘러나왔고 반응도 아주 좋았다.

물이 들어왔다 판단한 소니 뮤직은 페이트 5집의 선발매만 미국 100만 장, 일본 30만 장이라는 초강수로 나갔다.

나로선 웬 떡인지.

1986년 상반기는 페이트란 이름으로 앨범을 제작한 이래 역대급으로 저조한 성적을 거둔 시기였다.

2집 일본어 버전에서 10만 장, 3집에서 10만 장, 4집에서 고작 30만 장이 더 나가며 50만 장에 불과했던 것이 소니 뮤직의 광분으로 130만 장 폭탄이 떨어졌다.

도합 180만 장.

90억의 매출.

순식간에 76억 원이 넘는 돈이 들어왔다. 이뿐인가. 이문셈 5집이 대박 치며 100만 장이 나갔다. 30억 매출이 나와 13억 상당의 돈이 더 들어왔다. 민애경부터 김완서 등 다른 앨범의 수익도 엄청나 11억을 더 받았다.

올레를 외친 난 100억의 돈 중 50억을 대길 건설에 넣고 50억은 DG 인베스트를 통해 일본에 몰빵했다.

지금까지 내 주머니에서 일본 주식으로 들어간 돈이 160억, 부동산에는 80억이 들어갔다. 대길 건설은 내가 반기마다 채워 주는 쌈짓돈으로 서울시 요충지에 땅과 건물 혹은 주택을 매입했으니 나도 재벌 소리 듣기까지 얼마 남지 않았다.

"아주 좋아."

요즘은 이렇게 행복할 수가 없었다.

◇ ◆ ◇

"이거면 P&G는 끝이야."

제임스 밀턴은 미국의 종이와 종이를 원료로 하는 소비재 제품을 생산하는 킴벌리클라크의 자산 관리 책임자였다.

그가 뿌듯한 얼굴로 수행원과 도착한 곳은 the US Patent Office의 우선 심사국.

대동한 직원과 함께 보무도 당당한 표정으로 준비한 특허 심사 자료를 제출했고 접수가 끝나는 순간 미션을 완료했다 판단한 그는 만연한 미소로 CEO인 프랭크 라이트에게 보고했다.

"끝났습니다."

수고했다는 치하까지 받은 제임스 밀턴은 the US Patent Office를 나오며 기지개부터 쭈욱 켰다.

거리는 온통 CBS레코드가 소니 뮤직으로 바뀐다는 광고판 이 도배됐고 어딜 가도 With Or Without You가 흘러나왔다.

평소라면 미간부터 찌푸렸을 것이나 오늘만큼은 너그럽게 용서한다.

숙적인 P&G의 목숨줄을 끊을 특허가 제출됐고 우선 심사 국의 접수 확인 도장까지 받았다. 앞으로 더욱 성장할 킴벌리클라크의 위상만큼 자신도 그러할 것이기에 오늘 같은 날은 이 정도 거슬림 따윈 문젯거리가 되지 않았다.

중년의 인자한 인상으로 속내를 감춘 제임스 밀턴은 국수주의자였다. 미국이, 미국에 의한 세계 경영을 지지했고 또 그걸 열렬히 원하는 자.

그에게 미국 외 다른 국가나 민족은 한낱 이름에 불과했다.

"제법인데. 노란 원숭이 주제에 이런 수준의 음악도 만들 줄 알고."

큰일을 마쳤으니 조금쯤은 여유를 가져도 좋으리라.

"오늘은 근사한 레스토랑에서 디너나 즐겨 볼까?"

모처럼 아내와 자녀들을 불러 질 좋은 스테이크를 맛보는 거다. 달콤한 디저트와 함께 미뤄뒀던 대화도 나누고 아이들 진학 문제도 상담하는 거다.

실로 오래간만에 가장다운 모습을 보일 수 있다는 기쁨에 주먹을 불끈 쥔 제임스 밀턴은 계획을 실행했고 갑작스레 일정이 변경된 가족들로부터 기대했던 것보다는 작은 지지를 받았지만 나름대로 의미 있는 하루라고 판단했다.

하지만 사흘이 지나지 않아 툭 날아온 통지서 하나에 눈앞이 깜깜해졌다.

'불가' 판정이 찍혀 있다.

가장 먼저 달려간 곳이 특허 전문 관리 직원이었다.

"카일!"

"예, 밀턴 관리 이사님."

"이게 뭔가!"

툭 내려놓는 종이엔 킴벌리클라크가 내놓은 특허 신청이 기각되었고 그 이유엔 동종의 특허가 이미 존재하고 통과됐음을 알리고 있었다.

"아, 아니, 이게 어떻게 된 거지?!"

"너 이 자식, 분명히 없다고 했잖아!"

"제가 봤을 땐 분명히 없었습니다."

"그럼 이게 뭐야?! the US Patent Office가 지금 우리에게 장난질 쳤다는 거야?!"

"그게…… 빨리 좀 알아봐야 할 것 같습니다."

서둘러 달려가 봤으나 나온 답은 한결같았다.

1983년에 이미 우선 심사 대상이 되었고 작년에 통과됐다고.

미국 특허를 기준으로 PCT 국제 출원까지 마친 상태라는 것.

아주 친절하게, 우선 심사 담당관에서 심사 팀장으로 승진한 스칼렛 캔버라가 직접 나와 그들을 상대했다. 전 팀장 롭 칼먼은 인종 차별 문제가 불거져 해임되었다.

"특허 출원자가 누구입니까?"

"그 정도는 직접 찾아볼 수 있지 않나요?"

"아, 그게……."

"뭐 말씀드리는 것도 어려운 문제는 아닙니다. 여기 DG 인베스트라고 적혀 있군요."

"DG 인베스트."

벌떡 일어난 두 사람은 가타부타 어떤 얘기도 없이 밖으로 달려 나갔다.

그 꼴을 보던 스칼렛 캔버라는 어이없다는 듯 피식 웃었다.

"애송이들인가? 킴벌리클라크도 다됐군. 저런 놈들을 이 중요한 자리에 앉혀 놓다니. 으음, 곧 난리가 나겠는데……미스터 정은 잘 지내고 있으려나?"

그녀가 기억하는 정홍식은 아주 놀라운 사람이었다.

사무적일 수밖에 없는 변리사와 특허 담당관이라는 관계가 조금은 의미 있게 변한 건 두 번째 만남에서였다.

어느 날 갑자기 나타나 DG 인베스트란 투자회사의 대표 명함을 줬을 때 처음 놀랐고 그가 내준 도로 색깔 유도선 컬러로드와 신호등 카운터 GoGo를 보며 센세이셔널한 느낌을 받았다.

게다가 기저귀부터 심상찮은 도로 특허 권리까지 모두 DG 인베스트가 인수했다고 들었을 땐 일대일의 대등한 관계에서 '함께라면 어떨까'란 조금 더 밀접한 상상의 대상이 되어 있었다.

"약간의 팁이라도 줄까? 업계 표준 정도만 알아도 협상이 수월할 텐데…… 아니야. 이도 지켜보자. 이번 협상으로 얼마나 뻗어 나간지 파악될 테니."

미소 지으며 여유롭게 커피 한 모금을 넘기는 스칼렛 캔버

라와는 달리 킴벌리클라크 뉴욕 사무소로 돌아간 제임스 밀턴은 CEO인 프랭크 라이트에게 사실 관계를 보고하자마자 불벼락을 맞았다.

"뭐라고요?!"

"그게 이미 통과된 특허였습니다."

"그게 무슨 말도 안 되는 말입니까?! 내게 분명 관련된 특허는 없다고 했잖습니까?!"

"저도 그렇게 보고받아 넘긴 겁니다."

"뭐, 보고받아 넘겼다고요?"

어이가 집 나간 제임스 밀턴의 답변에 프랭크 라이트는 순간 황당해서 말을 잇지 못했다.

그래서 자기 잘못은 없다는 건가?

아래 직원이 잘못 알아봤고 자긴 그냥 넘겨준 사실밖에 없다고?

이게 자산관리 책임자가 할 말인가? 자기가 Postman도 아니고.

이 개쉐······.

"You Fire!"

"예?!"

"해고입니다. 당신은 킴벌리클라크에 있을 자격이 없어요. 나가세요!"

문으로 손가락을 가리키는 프랭크 라이트에 제임스 밀턴

은 도리어 펄쩍 뛰었다.

"해고라뇨. 부당합니다!"

"뭐가 부당합니까?! 이번 일로 우리 회사가 얼마나 큰 손해를 입었는지 아세요?!"

"그건 알지만, 이 건은 이미 우리 손을 떠난 상태였습니다. 천재지변과 같이요. 이런 상황에서는 설사 귀책사유가 있다 하더라도 징계할 수 없습니다."

"천재지변? 우리 손을 떠난 상태? 이 사람이 지금 그걸 말이라고. 이번 특허는 우리 회사 역사상 가장 중요한 특허가 될지 모른다고. 임원회의에서. 내가 직접. 당신한테 챙기라고 신신당부하지 않았나요? 잊었습니까?!"

"잊지는 않았지만, 그 지시를 내린 건 84년 11월경입니다. 특허는 이미 83년에 출원됐고요. 저 때문에 손해가 발생했다는 인과가 성립되지 않습니다!"

당당한 제임스 밀턴의 외침에 폭발 직전까지 올라갔던 프랭크 라이트의 표정이 급격하게 식어갔다.

"손해가 발생 안 했다라…… 이 사람이 지금 끝까지 해보겠다는 거로군."

"평소 제가 마음에 들지 않았던 것 같은데 명확한 근거 없이 해고하시겠다면 Department of Labor에 제소하겠습니다."

"헛, 허허허."

싸늘하게 웃는 프랭크 라이트를 상대로 제임스 밀턴도 여기까지 선을 넘고 싶지는 않았지만, 물러날 곳이 없었다.

불미스러운 일로 해고된다면 커리어상 치명적 손실이 될 것이고 그것은 차후 구직 시 큰 영향을 끼칠 것이다.

무엇보다 현재의 생활 패턴을 놓고 싶지 않았다. 매월 들어오는 일정 수준의 급여 없이는 품위 유지는 불가능했고 그건 곧 파멸을 의미했다.

제발 이쯤에서 서로 한 발씩 물러났으면 좋겠다는 생각의 제임스 밀턴이었으나 프랭크 라이트는 자세가 달라졌다.

"노동부에 제소하겠다라……. 해고 차원에서 끝내려 했더니 법정 공방까지 가 보겠다는 거군요."

"……못 할 것 없지요."

"좋습니다. 그럼 해 봅시다. 당신은 내가 지시 내린 84년 11월경에 이 결과를 가져와야 했어요. 업무 태만으로 회사의 귀중한 자원과 대책을 마련할 시간 1년 7개월을 잡아먹었습니다. 상대 특허에 대비할 여력을 없애 버린 거죠. 회사는 이로써 존폐의 위기에 들었고 그에 합당한 손해 배상 청구 소송이 진행될 겁니다."

프랭크 라이트의 선언에 제임스 밀턴은 순간 하늘이 노래지는 느낌을 받았다.

이렇게 되면 해고고 퇴직금이고 나발이고 문제가 아니었다. 잘못하면 감옥까지 갈 수 있었다. 모든 자산이 압류, 뿔뿔이 흩어지는 가족, 두 손에 수갑을 찬 자신이 끌려가는 모습이 눈앞에 그려졌다.

서둘러 프랭크 라이트의 손을 잡았다.

"용서해 주십시오. 제가 미쳐서 허튼소리를 하고 말았습니다. 조용히 나갈 테니 허락해 주십시오. 부탁입니다."

"아니요. 차라리 잘됐어요. 나도 주주들에게 할 말은 있어야 하잖아요. 당신을 그저 해고 수준에서 그쳤다면 나 역시도 대가를 치러야 했을 겁니다."

"대표님, 제발……."

무릎을 털썩 꿇으나 기차는 이미 떠나갔다.

살려 달라든 말든 외투를 손에 쥔 프랭크 라이트는 곧장 차를 몰아 외곽으로 향했다. 수십만 평의 대지 위에 세워진 킴벌리클라크 공장으로 들어섰고 꼭대기 층 가장 높은 곳에 위치한 회장실에 노크하였다.

"들어오세요."

"안녕하셨습니까. 회장님."

정중히 허리를 숙이는 프랭크 라이트를 환한 미소로 맞이한 남자는 에릭 L. 킴벌리로 창업주 존 A. 킴벌리의 자손이었다.

"프랭크가 왔군요. 반가워요. 아주 잘 왔어요. 난 요즘 프랭크만 생각하면 흐뭇하답니다. 내가 P&G 놈들의 콧대를 누를 수 있었던 건 다 프랭크 덕이죠. 아! 이번에 하긴스 신제품 특허를 낸다더니 잘됐나요?"

"……그것 때문에 드릴 말씀이 있어 왔습니다."

표정, 자세, 분위기.

모든 게 부정적.

에릭 킴벌리도 일이 잘못됐음을 직감했다.

"틀어졌군요. 설마 P&G가 더 빨랐습니까?"

"아닙니다."

"그건 다행이군요. 무슨 문제인가요?"

"특허가 이미 완료된 상태였습니다."

"으응? 그게 무슨 얘기죠? 완료된 상태라니."

눈썹이 착 올라가는 에릭 킴벌리에 프랭크 자초지종을 말했다.

"흐음, 그러니까 이미 있는 특허를 우리가 연구했다는 거네요."

"……맞습니다."

"어째서 이런 일이 벌어졌나요?"

"업무 태만밖에 다른 요인이 떠오르지 않습니다."

"이 일로 인해 벌어질 일들에 대한 분석은요?"

"저도 듣자마자 보고드린 거라 명확한 분석은 어렵지만, 대략은 예상됩니다."

대답하면서도 프랭크 라이트는 머리가 아찔해짐을 느꼈다.

하지만 부디 오지 않았으면 하던 질문은 송곳처럼 찔러 들어왔다.

"무엇이죠?"

"……."

머뭇.

"내가 다시 물어야 하나요. 프랭크?"

준엄한 목소리였다.

'아…….'

아득해지는 정신줄을 겨우 부여잡은 프랭크 라이트는 어금니를 꽉 깨물었다. 여기에서 살 방도를 찾아내지 못한다면 자신도 제임스 밀턴 꼴이 될 것이다.

"……아닙니다. 말씀드리겠습니다."

"무엇인가요?"

"추락 혹은 비상입니다."

"……내 생각과 일치하군요."

고개를 살짝 끄덕이는 에릭 킴벌리에 프랭크 라이트는 눈을 번쩍였다.

살 방도는 오직 하나였다.

"P&G 쪽은 아직 조용합니다."

"그놈들은 늙었죠. 하지만 자극은 고목에도 꽃을 피우게 합니다."

"수단과 방법을 가리지 않고 저희 쪽으로 가져오도록 하겠습니다."

다시 허리를 숙이는 프랭크 라이드를 보지도 않고 에릭 킴벌리는 BAR에 있는 위스키를 따랐다.

"나는 말이죠. 프랭크. 하긴스야말로 킴벌리클라크의 미래라고 보고 있어요. 별 볼 일 없던 제지 회사인 우리가 이만큼까지 명성이 올라간 건 일회용 종이 기저귀의 기여 없이는 불가능했으니까요."

"……."

"아직도 노트의 질이나 따지는 늙은이들의 방해에도 하긴스를 선택한 건 그 이유에서예요. 나는 하긴스가 킴벌리클라크를 세계적 기업으로 끌어올리리라 확신하는 사람입니다."

"죄송합니다."

"선점하세요. 절대로 P&G 손에 들어가게 해서는 안 됩니다."

"기필코 해내겠습니다."

"가 보세요. 결과로써 증명하세요."

"옙."

급히 돌아서는 프랭크 라이트의 귓가로 다시 에릭 킴벌리의 목소리가 날아들었다.

"그리고."

"……."

"난 일을 이 지경으로 만든 자들의 불행을 원합니다."

◇ ◆ ◇

"총괄님, 총괄님."

등교하려는데 아침부터 부산스럽게도 정홍식이 찾아왔다.

무슨 일인고 했더니.

"예?! 킴벌리클라크에서 연락이 왔다고요?"

"예!"

"혹시 기저귀인가요?"

"예!"

"그래서요?"

"관련해서 미팅하고 싶답니다."

"……."

"……."

"……."

"……."

"……."

"……."

"드디어 왔군요."

"예, 그렇습니다."

"이 소식을 누가 전해 줬죠?"

"메간이 전해 줬습니다. 전 어젯밤에 연락받았고요."

좋은 일이었다. 일단.

하지만.

경거망동은 안 된다.

이런 일은 한 치의 실수가 평생을 따라다닌다.

"알겠어요. 이따 학교 끝나고 심도 있게 의논해요."

"기다리고 있겠습니다."

정홍식은 돌아갔지만 내 머리는 멈추지 않았다.

어떤 방식을 택할까.

어떤 것을 얻어야 하나.

종일 킴벌리클라크와 어떻게 마주쳐야 할는지 고민했다.

수업을 듣는 둥 마는 둥, 누가 말을 걸어도 대답하는 둥 마는 둥 시뮬레이션을 돌렸다.

'으음, 이 부분도 고려해야 하잖아. 정홍식이 미국 가서 할 일이 또 있었네.'

방과 후 집에서 챙길 걸 챙겨 곧장 회사로 갔다. 정홍식이 대기하고 있다가 알아서 총괄실로 들어왔다.

"마지노선을 정해야겠네요."

"예."

짐작하고 있었다는 듯 대답이 명료했다.

나도 바로 진행했다.

"그들은 분명 특허권의 권리를 사겠다 할 거예요. 절대 안 되는 거 아시죠?"

"저도 이 일과 관련해서 여러 사례를 훑어보았습니다. 사안에 따라 달라지겠지만, 기저귀 같은 생활 소비재의 경우 로열티가 훨씬 유리합니다."

"다행히 우리는 갑의 위치예요. 킴벌리클라크는 목숨 걸고 싸우는 경쟁사가 있으니까요."

"네, 맞습니다. 다만 서로의 감정이 상하지 않는 선에서 가야겠지요?"

"옳아요. 정 대표님은 어느 정도로 보고 있나요?"

"저는……."

"잠깐만요. 우리 서로 종이에 적어 보여 주기로 해 볼까요?"

"그거 재밌겠습니다."

서로의 얼굴을 보고 웃은 우리는 각자 종이에 생각하는 바를 적었다.

펼치니 기가 막히게도 생각이 일치했다.

"역시 5%네요."

"매출이죠."

"7%부터 시작하죠."

"그렇게 하겠습니다. 다만 상대가 어이없는 숫자를 꺼낼 경우 10%부터 부르겠습니다."

"뛰쳐나가겠군요."

"경고해 주겠습니다. 내일까지 안 온다면 P&G로 가겠다고요. 근데 어쩐지 느낌이 쎄합니다."

"왜요?"

"뉘앙스가 저 혼자 상대해야 하는 듯싶어서요. 같이 갈 뜻이 없어 보이는데. 안 가시려고요?"

"제가 왜요?"

너무 매몰차게 굴었나?

정홍식이 살짝 당황하였다.

"왜……라면 할 말이 없긴 한데."

"대표님이시잖아요. 예전에도 이런 대화 한 적 있었잖아요."

"……그렇군요. 제가 대표군요."

"질러 주세요. 미국 기업을 상대로 큰소리치는 거예요. 그 영광을 오롯이 가져가세요."

"미국 기업을 상대로 큰소리치라…… 뜻이 그러하시다면 반쯤 죽여 놓고 오겠습니다."

"그 정도 강단이면 됐어요. 그리고 유안킴벌리는 어떻게 대처하실 생각이신가요?"

킴벌리클라크와 유안양행이 1970년 합작해 만든 회사가 유안킴벌리였다.

대한민국 위생 용품의 대명사가 될 회사.

"유안킴벌리 정도는 미국 간 김에 해결해야겠죠. 한국의 특허권은 오필승이 가지고 있으니까요."

DG 인베스트에 기저귀 특허권을 넘기면서 한국의 것만은 따로 남겨 오필승 엔터테인먼트에 주었다.

다 넘기려다가 한국만 빼놓은 건 다른 이유에서가 아니었다.

매년 수없이 나가는 로열티가 아까우니까. 이 사실이 알려지면 틀림없이 내게 손가락질할 테니까.

"미팅할 때쯤이면 상대도 알고 있을 테니 적당히 끼워 넣어 주세요. 한국 시장은 신경도 안 쓸 거예요."

"알겠습니다."

"자, 이 일은 이렇게 정리하고 가는 김에 해 주실 일이 있어요."

"혹시 곡을 사는 건가요?"

"아니요. 특허 건을 하나 더 맡기려고요."

"특허가 또 있습니까?!"

"식당에서 밥 먹는데 영 꺼림칙하더라고요. 그래서 하나 만들어 봤어요."

꺼냈다.

마스크인데 입 부분만 투명한 플라스틱 재질로 막은 것이다.

요리용 입 가리개였다.

2000년대부터 묘하게 TV에서 많이 보이던 것이다. 대형 식품 매장이나 식당 등지에서 요리사들이 입을 가리기 위해 썼던 그것.

어느새 세계 고급 레스토랑이라면 빼놓을 수 없이 쓰게 된 그것이 한국에서 처음 특허 낸 상품인 걸 아는 사람은 적었다. 2008년 코스모웨이라는 국내 회사가 마스크어라는 브랜드로 처음 시작했다는 것도.

"고기 구워 주는 직원이 침 튀기며 말하는 게 찝찝한 적 없었어요?"

"아· 지도 그런 경험이 있습니다."

"보이는 데서 이 정도라면 내부는 어떨까 생각했어요. 지들끼리 킥킥대다가 비말이 잔뜩 뿌려진 음식을 우린 돈 주고 먹어야 하잖아요. 황당하지 않나요?"

"……그렇군요. 이거 아주 시급한 문제였군요."

고개가 절로 끄덕여지는 것이 정홍식의 위생 관념도 나 못지않아 보였다.

"이름을 에티켓으로 지어 봤어요. 어때요?"

"아주 잘 어울립니다."

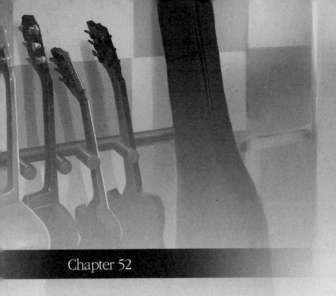

정홍식은 자기가 직접 에티켓을 써 보고는 굉장히 만족해
했다.

"이거 대단합니다. 입은 가리면서도 시야는 전혀 방해하지
않아요."

"이것도 한 번 써 보세요."

시키는 대로 일반 마스크를 써 본 정홍식은 몇 마디 대화에
서조차 불편함을 느끼고는 단번에 에티켓의 위대함을 깨달
았다.

"이건 백발백중입니다."

"자료는 여기에 있어요."

"이 정도라면 지금 당장에라도 특허 출원이 가능합니다. 이 역시도 전례에 따라야겠죠?"

"그럼요."

내가 요리용 입 가리개 에티켓을 지금 꺼낸 건 다른 이유가 아니었다.

크게는 하루빨리 정착될 제품으로 마땅해서였고 작게는 훗날 개방될 중국 애들 때문이었다.

카피의 천국.

양심에 대한 개념도 없고 국가 자체가 그 개념 없음에 진심으로 동참하는 나라라.

한국으로서는 달리 방법이 없어 어쩔 수 없이 선택한 고육지책이었다. 그나마 대응 가능한 나라가 미국이니까. 원역사의 코스모웨이도 가장 힘들게 한 나라가 바로 중국이었다.

내 특허를 세계 시장과 한국 시장으로 분리한 이유도 여기에 있었다.

난 이 한도 끝도 없는 싸움을 직접 하는 게 아닌 미국 기업에 대리 맡길 생각이었고 미국 기업은 이 역할을 훌륭히 수행할 만한 역량이 있었다.

단지 그뿐이었다.

'부디 킴벌리클라크의 뺨때기를 날려 주길.'

나가는 정홍식의 등을 보며 뿌듯한 마음으로 앉아 있는데.

똑똑똑

정은희가 고개를 빼꼼 내민다.

"손님이 찾아오셨어요."

"누구요?"

"저기⋯⋯."

"내다."

경상도 특유의 사투리로 환하게 웃으며 들어오는 이는 나훈하였다.

깜짝이야.

"놀러 오라 캤는데 이제사 왔다. 괜찮제?"

"그럼요. 그럼요. 어서 오세요."

1983년 서독 위문 공연에서 처음 만나 인사하고 이번이 두 번째다.

나훈하는 1982년 '잡초', 1983년 '사랑', '18세 순이', 1984년 '청춘을 돌려다오', 1986년 '님 그리워'로 한창 잘 달리는 중이었다.

그런 그가 왜 우리 오필승에?

"와~ 키 많이 컸네. 잘 묵고 다니나 보다."

"그럼요. 3학년인데요. 반에서도 1등 해요."

"하모하모. 니 똑똑한 거 내 다 봤다 아이가. 아제가 늦게 왔는데도 반갑나?"

"반갑죠. 그동안 서로 바빠서 못 보고 지냈지만 반기운 긴 반가운 거잖아요. 잘 오셨어요."

"이야~ 그리 말해 주니까 가슴에 있던 돌덩이가 사르르 사라지는 것 같다."

으응?

웬 돌덩이?

"무슨 일 있어요?"

"일은 무슨. 그냥 니하고 일 함 해 보고 싶어서 찾아온 거제."

"저랑요?"

"그래, 내 받아 줄 끼가?"

농담 반 진담 반처럼 던진다.

그나저나 갑자기 나타나서 나랑 계약하자고?

당장 어느 기획사의 문을 두드려도 최고로 대접받을 트로트의 황제가?

"무슨 일 있는 건 아니죠?"

"없다. 내사마 집에서 곰곰이 생각해 봤는데 니캉 일 함 해 보고픈 마음이 굴뚝같은 기라. 그래서 찾아왔다."

"그럼 다른 곳이랑은 계약이 다 마무리된 거예요?"

"내는 뭐 찾아볼 것도 없다. 다 앨범 하나씩만 계약해가꼬. 자유다. 프리. 그리고 곡도 하나 갖고 왔다. 함 들어 볼래?"

다짜고짜 카세트부터 꺼내더니 틀어 준다.

'땡벌'이었다. 나훈하의 1987년 작.

"어떠노?"

"으음, 아저씨한테 빛 볼 곡은 아닌 것 같네요."

냉정한 판결에 표정이 살짝 어두워진다.

"별로가?"

"아니요. 좋아요. 근데 주인이 따로 있다는 생각이 들어요."

'땡벌'은 2000년에 가수 강준이 리메이크하고 이걸 또 TV 예능 프로그램에서 어떤 가수가 부르면서 대박 히트 치게 된다.

강준은 이후 늘 나훈하에 대해 이런 말을 하고 다녔다.

은인이라고. 리메이크하겠다고 했을 때도 십 원 한 장 안 받고 흔쾌히 허락했다고.

"그럼 빼야 하는 기가?"

"불러도 돼요. 히트곡은 안 되겠지만 이게 다 역사에 남는 거죠."

"역사?"

"나훈하라는 역사요. 귀중한 발자취죠."

"으음……."

날 유심히 쳐다본다.

확실히 나훈하는 손에 잡히는 유형이 아니었다. 단지 몇 마디 나눈 것만도 미꾸라지같이 미끌미끌 사람을 안달 나게 하는 마력이 있었다.

그런 나훈아가 입술을 깨물더니 뭔가 결심한 듯 입을 열었다.

"확실히 그릇이 다르데이. 니는."

"……."

"둥지 터도 될 것 같다. 하하하하하, 이 나훈하한테 이런 날이 올 줄은 몰랐데이. 대운아."

"예."

"니는 히트 이런 거 상관없나?"

"상관없어요. 좋은 가수가 있다면, 좋은 작곡가, 작사가가 있다면, 보존하고 그 능력을 키워 주는 게 일이니까요."

"그럼 돈은 누가 벌고?"

"제 소속 가수 중 돈 못 버는 가수 없어요."

"그런가?"

"환경만 잘 만들어 줘도 뜰 사람은 알아서 뜨죠. 그리고 그들을 다 합쳐도 저한테 안 돼요."

"니한테 안 된다고?"

"제가 버는 돈만으로도 우린 충분히 먹고살아요."

"그래 많이 버나?"

"돈 많이 버는 게 중요한 게 아니잖아요. 사람이 중요한 거지."

"……니 말이 맞다."

"맞아요. 그게 진심이죠."

"대운아, 내는 니가 진짜 마음에 든다."

말 안 해도 알겠다. 눈에서 꿀이 뚝뚝 떨어지는데.

그래서 더 처량해 보였다. 저 안 깊숙한 곳에 감춰 둔 외로움이.

그게 나를 건드렸다.

웃어 줬다.

제 발로 왔으니 내가 팔 벌려 줄 차례.

"방황 그만하시고 둥지 트세요. 여기선 마음껏 날아다녀도 되고요. 1년쯤 연락 안 되도 안 찾을 테니 걱정 마시고요. 실컷 돌아다니다 돌아오고 싶으시면 돌아오셔도 돼요."

"막 연락 안 돼도 괜찮나?"

"전 여기 있을 테니까요. 어디 안 가요. 학교도 다녀야 하고…… 저 믿고 사는 사람이 벌써 몇 명인데요. 오필승의 몇몇 가수는 이미 아저씨처럼 그러고 살아요."

"니는 그게 안 무겁나?"

"짐이요? 그건…… 으음, 제가 무거워하는지 안 하는지 직접 확인해 보시면 되겠죠."

전화기를 들었다. 정은희가 받는다.

"김 실장님 좀 불러 주세요."

안 그래도 대기하고 있었던지 금방 들어왔다.

김연은 나훈하와 마주하자마자 인사부터 했다.

"김연입니다. 오필승의 음반 사업부 실장을 맡고 있습니다. 만나 뵙게 되어 영광입니다."

"나훈하입니다. 오늘 이렇게 염치없이 의탁하러 찾아왔심더. 잘 좀 부탁합니다."

"우리 신입이에요. 실장님께서 오늘만 특별히 챙겨 주세요. 여기저기 많이 어색할 거예요. 아저씨, 우리 실장님 따라다니시며 식구들이랑 인사하시고요. 다 끝나면 다시 올라오세요."

"바로? 이렇게?"

"뭘 고민해요. 둥지 틀 거면 빨리 자리 잡는 게 좋죠. 일단 제 안으로 오시면 다음부터는 제가 다 책임집니다."

"굿나? 내도 책임진다고?"

"저 믿고 움직이세요. 아저씨 얼굴 보니까 저도 하고 싶은 일이 아주 많아졌어요."

씨익 웃었다.

어째서 움찔거리는지 모르겠지만 난 분명 친절한 미소를 날렸다.

'할 일이 아주 많지.'

트로트의 수요가 높아지는 이때 나훈하라는 존재는 이름만도 이미 간판이었다. 트로트 가수 섭외 때도 큰 역할을 할 테고.

기다릴 것도 없었다. 며칠이 안 가 나훈하 때문에 카프카가 난리 났다.

소문난 에어컨 사랑 덕에 안 그래도 미어터지는 카프카에 나훈하가 툭 출연한 것이다. 느닷없이 나타나 '잡초', '18세 순이' 같은 것들을 불러제끼니 열광을 안 할 수가 있을까. 처음엔 주저하던 나훈하도 금세 대학생들의 열기에 젖어 들었고 어느새 하루라도 무대에 서지 않으면 성대 결절이 일 만큼 중독됐다. 가끔 반항할 때마다 카프카 출연 금지시키겠다면 두말하지 않고 따를 정도로.

그사이 난 나훈하가 끄적대고 있던 곡들을 모두 수거, 그중에서 '무시로', '갈무리', '건배', '영영' 같은 것들을 끄집어내 편곡해 줬다.

입이 찢어졌다.

그 손을 잡고 지군레코드로 데려가 24채널 사운드 파워를 입혀 주니 두 눈만 끔뻑끔뻑.

"니, 니는 이렇게 음악 하고 있었나?"

"뭘 그리 놀라세요. 우리가 함께 걸어갈 길은 아직도 한참 멀었어요. 천천히 가요. 천천히요. 아저씨."

나훈하의 합류는 전속 계약을 맺은 이래 카프카에만 붙어 있던 김정주에게도 큰 자극이 됐다.

솔로 음반 준비하다가 캐스팅 당할 때까지만 하더라도 이만큼 기다릴 줄 몰랐다.

도대체 언제까지 카프카에만 출연해야 할까? 나란 존재를 잊어버린 건 아닌 건가? 요즘 들어 고민이 많아지고 있었는데.

이는 인순희, 장혜린도 마찬가지였다. 옆에서 같이 연습하던 김완서가 '오늘 밤'으로 단숨에 스타덤에 오르고 '네 눈이 더 무서워'란 유행어를 남기고 있는데 자기는 뭔지.

주어진 무대는 오로지 연습실과 카프카라.

말 못 할 속사정에 마음이 곪아 가고 있을 때라.

대스타 나훈하가 카프카에 등장했고 말도 안 되는 인기를 실감했다. 그는 카프카란 작은 무대도 아랑곳하지 않았다.

두 평 남짓한 좁은 공간에서도 자기 콘서트처럼 열정을 다해 팬들과 소통하며 에너지를 발산했다. 비교되게 말이다.

나도 뿌듯했다.

오랜 연습 기간에 지쳐 가던 신인들이 힘을 얻기 시작한 건 우연이 아니었다.

매너리즘에 빠져 가던 오필승에도 나훈하란 경종이 울렸다. 나훈하는 그런 의미였고 생각보다 아주 많은 것을 가져다주었다.

'이젠 내가 그에게 해 줄 차례겠지?'

그에게 필요한 건 음반 따위가 아니었다. '홀로 외롭지 않게', '이상한 루머에 고통받지 않게'였다.

1986년의 대한민국 사회는 좋은 일이 거의 없었던 것 같다.

연초부터 시위에 누가 다치고 누가 죽고 하더니 내내 쉬지 않고 투쟁의 연속이었다.

방학이 끝나고 새 학기가 오면 조금 괜찮으려나 해도 그 첫발을 무사히 디디기도 전에 후지오 마사유키라는 일본 문부상이 '한일 합방은 양국이 합의한 것이며 한국에도 책임이 있다'는 망언을 뿌렸다.

웃음이 나왔다.

집단 지성이 잘못된 방향으로 가는 훌륭한 사례가 아닌가.

대한민국은 분노했지만.

반면 난 일본이 저럴수록 기뻤다.

그 말이 옳다는 게 아니고 '잃어버린 20년'으로 대표되는 세계 최대 경제국의 몰락이 눈에 선했기 때문이다.

나는 일본의 쇠락이 멀리 있다고 보지 않았다. 부패한 정권과 그 정권을 나 몰라라 하는 국민.

그렇기에 무시무시한 군부 정권 앞에서도 자기 목소리를 내는 우리 국민이 대단하다 여겼다.

연일 시위가 벌어짐에도, 주변 어른들이 불편함에 짜증을 내도,

기꺼이 응원했다.

국민이 뽑아 줬으나 국민의 요구에 따르지 않는 국회의원 사무실이 박살 나는 건 당연한 일이고 수천 단위의 학생들이 몰려 전경들과 몸싸움 벌이는 것도 당연했다.

계속 응원했다.

그러던 어느 날 뉴스 보도를 통해 이런 소식을 접했다.

【화성 태안읍에서 71세 할머니 시신 발견】

보자마자 머리가 쭈뼛.

화성 연쇄 살인 사건이었다.

개구리 소년 실종 사건, 이형훈 실종 사건과 더불어 국내 3대 미제 사건으로 불리는 흉악 살인마 사건.

곧바로 강희철에게 전화했다.

"여보세요?"

[아이고, 총괄님. 어쩐 일이십니까? 잘 지내십니까?]

"저는 잘 지내요. 저기…… 바쁘실 테니까 용건만 말할게요. 화성 살인 사건 말이죠."

[아, 그 사건이요? 저도 얘기 들었습니다.]

"그거 이상해요."

[예?]

"그거 위험해 보여요. 빨리 잡아야 해요."

[갑자기 무슨 말씀이십니까?]

"곧 더 끔찍한 일이 벌어질 것 같아요. 경감님, 갑자기 이런 말씀드려서 미안한데요. 제 말 명심하세요. 그 동네에서 계속 살인 사건이 날 겁니다."

[총괄님!]

"괴물 같은 놈이 하나 숨어 있어요. 절대로 간과하시면 안 돼요. 그놈은 또 살인을 저지를 거예요. 무슨 일이 있어도 경감님이 잡으세요."

[…….]

"제가 할 얘기는 여기까지예요. 부디 선량한 시민의 목숨을 하찮게 여기지 말아 주세요."

맥락 없는 신고였지만 또 신고를 받은 강희철의 황당함도 이해했지만.

달리 방법이 없었다.

나는 배트맨이 아니다. 나서서 무언가를 하기엔 턱없이 어렸고 나서는 것도 애매했다.

그러나 집사 알프레드 역할 정도는 할 수 있지 않을까?

나우헌에게 다시 걸었다.

[오오, 총괄님, 어쩐 일이십니까?]

"인사는 생략할게요. 지금 당장 화성으로 가 주실 수 있으세요?"

[예?]

"거기 살인 사건이 하나 일어났어요. 그걸 널리 알려 주세요. 경찰이 어떤 식으로 수사하고 또 무얼 놓치고 있는지 말이죠."

[…….]

"어렵습니까?"

[총괄님, 도대체 무슨 일입니까?]

"연쇄 살인이 벌어질 징후가 보여요. 거기 경찰들이 허튼 짓하지 못하게 잘 좀 지켜봐 달라는 거예요."

[연쇄 살인이라고요?!]

"할 수 있겠습니까?"

[해야죠. 다른 것도 아니고 총괄님 분부인데. 근데 단지 조

사하고 알리기만 하면 됩니까?]

"경찰을 특히 감시해 주세요. 가만히 대기하시다가 대충하고 넘길 기미가 보이시면 터트리시고요."

[알겠습니다. 바로 출장 나가겠습니다.]

"조심하시고요. 이 사건이 지루하게 이어질지 말지는 오직 기자님 손에 달렸습니다."

[알겠습니다. 명심하고 움직이겠습니다.]

"부탁합니다."

차라리 내가 직접 가서 범인을 때려잡을까 생각도 해 봤다.

그러나 난 이제 열 살.

키도 작고 몸도 여물지 않은 꼬마다.

누굴 시켜 슥삭 하면 안 되냐고?

그러니까 누굴 시키라고?

그런 놈은 어설프게 건드렸다간 오히려 후환만 사고 몽둥이찜질 가지고는 제어가 안 된다. 일단 손댄다면 무조건 끝을 봐야 하는데 그쪽 방면은 나로서도 부담이 컸다.

증거 수집?

이것도 힘들었다.

경찰만 연인원 200만 명이 투입됐음에도 놓친 놈을 내가 무슨 수로 증거를 잡을까. 첫 살인에서조차 흔적을 남기지 않은 놈을.

범인 조지는 건 쉬웠다. 그 범인을 옳게 범인으로 만드는 게 힘든 것이지.

이런 와중 아시안 게임이 열렸다.

희한하게도 개최 직전까지 온갖 시위로 방해하던 학생들이 대회 기간에는 또 조용하였다. 큰일에는 똘똘 뭉치는 민족적 특성의 발현인지.

여하튼 국민적 지지를 받은 선수단은 역대 최초로 중국을 이길 뻔했고 종합 2위라는 최고의 성적을 거두며 환호를 받았다. 바쿠스가 공식지정 음료인 코카콜라 옆에 떡 하니 붙어 있는 것도 잘 구경했다.

재밌는 건 폐막하자마자 다시 시위가 벌어졌다는 건데.

우리 김수한 추기경께서도 저 멀리 로마에서 기자 회견을 하셨는데 아주 큼지막한 돌을 던지셨다.

≪전두한 대통령의 측근과 김영산, 김대준 양김은 정치 야심을 버리세요.≫

이 소식에 힘입은 학생들 수천 명이 건국대로 모여 시위에 들어갔다.

미친 검찰은 참가한 학생 중에서 1차로만 1,265명을 구속하는 짓을 벌였다. 근대적 사법 체계 형성 이래 가장 많은 인원이 구속된 단일 사건이라.

정신없는 와중 화성에서는 살인 사건이 또 터졌고.

나라가 온통 난리였다.

그나마 유일하게 듣기 좋았던 소식은 언더그라운드에서 활동하던 록밴드 부활이 〈Rock Will Never Die〉를 발표하며 본격적으로 메이저 무대에 발을 들여놓았다는 것 정도? 그들을 발굴한 장본인이 우리 소속 가수인 민애경의 친오빠라는 것 정도?

그럴 때 지군레코드 사장이 조금은 복잡미묘한 표정으로 찾아왔다.

"잘 지냈어?"

"예, 사장님."

"너희는 별일 없지?"

무슨 말을 하려고 또 분위기를 잡는지.

이 양반은 속마음이 표정으로 다 드러난다.

"그렇긴 하죠. 왜요? 무슨 일 있어요?"

"아니, 우리도 별일은 없는데. 미국에서 좀 심각한 일이 벌어졌나 봐."

"미국에서요?"

"소니 있잖아."

"예."

"지금 한창 잘나가고 있는데 누가 표절 의혹을 터트렸어."

"표절이요?"

"응, 페이트 앨범."

"예?!"

순간 진짜 깜짝 놀랐다.

심장이 벌렁벌렁.

표절이 들켰다고?

1~5집 중 그럴 만한 곡이 있는지 속으로 살폈다.

없다.

모두가 원 발표 시기보다 빨랐고 그렇지 않은 건 곡을 사거나 리메이크 판권을 샀다.

빈틈없이 처리했는데 대체 어디에서?

"이것 봐라."

지군레코드 사장이 뭘 내놓았다.

소니에서 온 전문이었다.

유심히 읽어 보고서야 난 겨우 속으로 안도의 한숨을 내쉬었다.

"누가 제 곡을 표절한 모양이네요."

"맞아. 탑건이라고. 그 영화에 들어간 OST가 네 곡이랑 같다는 얘기가 나와서 소니가 조사 중이래. 너한테 문의해 보라더라. 혹시 따로 리메이크 판권을 판 적 있는지."

그렇구나. 탑건이 올해 개봉했구나.

제작비 1천5백만 달러짜리 군 홍보영화가 월드 박스오피스 3억5천만 달러라는 초대박을 친다.

OST인 Take My Breath Away는 1987년 아카데미 주제가

상에, 골든 글로브에서도 주제가상을 탄다.

침착하게 대응했다.

"그런 적 없다는 거 사장님이 더 잘 아시잖아요. 우리는 사장님에게 넘기는 순간 끝이에요."

"그치? 그렇지? 나 빼고 뭐 한 거 없지?"

표정이 환해진다.

처음 들어올 때 복잡한 표정의 의미가 바로 이것이로군.

표절 의심이 아닌, 혹시나 자기 빼고 다른 짓을 한 게 아닌지 하고.

하여튼 속 보이는 사람.

"그나저나 놀랍긴 하네요. 그래서 소니가 뭐래요?"

"뭐긴 당장에 소송 들어갈지 어떨지 검토 중이라더라. 너한테 확인하면 바로 잡아내 버리겠다고 으르렁대던데."

"하긴 소니가 좀 독하긴 하죠."

많이 독하다.

"너 진짜 나 말고 딴 사람에게 준 적 없지?"

"공짜로 나눠 준 적은 한 번 있죠."

"엉?"

"서독 위문 공연 때요. 그때 사장님이 1만 장 찬조해 줬잖아요. 그거 나눠 준 것 외 우리가 관여한 건 하나도 없어요."

"아아~ 그러네. 그때 그 곡을 듣고 표절했을 수도 있겠구나. 아무튼 아니라는 거지?"

"그러니까요. 제가 페이트인 거 아는 사람이 외국에 있을까요?"

"그렇지. 외국 애들은 네가 페이트란 걸 아예 모르지. 알았다. 이제 확실해졌어. 나 이제 갈게. 소니한테 말해 줘야 하잖아."

그는 돌아갔고.

나는 그가 돌아가고 나서도 잠시간 얼떨떨했다.

혹시나 예상은 해 봤지만 이런 일이 진짜 벌어지다니.

나중에 소니 뮤직을 통해 알게 된 전말은 이랬다.

미국 진출에 사활을 건 때라.

막대한 자금력으로 페이트 앨범을 푸쉬했고 미국 전역에서 페이트의 곡을 틀어 댔다. 얼마나 쏟아부었는지 소니 뮤직의 미국 입성을 반대하던 어떤 고객마저 무심코 페이트 5집을 집게 되었다.

집으로 돌아간 그는 어릴 적부터 앉은 애착 소파에 몸을 파묻고 턴테이블을 돌렸다. 도대체 얼마나 대단하길래 이런 미친 캠페인을 여는지 하고 말이다.

그러나 이내 집안 곳곳으로 스며드는 페이트 5집의 광활한 개척 정신에 정신이 번쩍, 한순간에 매료되었고 곧바로 광팬으로 둔갑, 1~4집을 전부 구매하는 짓을 벌인다.

1집부터 차근차근 말도 안 되는 퀄리티에 혀를 내두를 즈음 1집의 곡 중에서 요즘 핫한 영화 탑건의 OST와 무척 흡사한 곡을 발견한다. 광분했던 만큼 큰 실망감을 이기지 못하고 소니 뮤직에 이의제기하기에 이른다.

≪이 쉐리들. 표절한 거 아니야?!≫

어이없게 시작된 일이었다. 조금만 살펴도 누가 먼저인지 금방 알았을 텐데.

애들에게는 조사해 볼 의지는 필요도 없었다. 무조건 표절로 몰아붙였다.

서양 문화에 대한 자부심에서 비롯된 건지, 뿌리 깊은 우월감에서 우러나온 건지, 일본 주제에 CBS를 인수한 것에 대한 분노인지는 알 수 없었다.

표절 의혹에 소니 뮤직은 발칵 뒤집혔고 진상 조사를 하게 됐는데 알다시피 조금만 조사해도 나올 일이었다.

페이트 1집은 83년 7월 제작.

탑건은 86년 6월 개봉.

설사 83년 이전에 음원을 만들어 놓았다고 하더라도 발표는 무조건 페이트가 빨랐다.

여기에서 딱 한 가지 더 짚어 봐야 할 문제는 페이트가 리메이크 판권이나 영화에 곡을 쓰도록 허락했냐는 건데.

탑건 엔딩크레딧의 어딜 봐도 페이트란 단어는 들어가지 않았다. 그래도 혹시나 하여 한국에 문의했고 지군레코드 사장으로부터 확답을 받았다.

재밌는 건 소니 뮤직의 다음 행보였다.

묵묵부답.

탑건이 해외 판권까지 팔아 재끼며 미친 상승 가도를 달리고 있을 때도 또 표절 의혹에 대한 논란이 커져감에도 일절 대응하지 않고 시기를 기다렸다.

그렇게 탑건이 정점을 찍을 즈음 조용히 제작사인 파라마운트 픽처스에 난입.

윤신애 버전의 Take My Breath Away를 틀어 놓고 어떻게 할 생각이냐는 돌을 던졌다.

슈웅

퍽

난리가 났다고 한다.

상영 금지 가처분 소송이 걸린다면 제작사는 물론 대놓고 투자하고 밀어준 미합중국 국방부(펜타곤)의 이미지마저 훼손될 것이다. 판권을 사 간 해외 배급사에서도 막대한 위약금이 물릴 테고.

파라마운트는 털썩 무릎을 꿇었고 소니 뮤직도 사정 봐주는 척 OST 수익의 50%를 양도받기로 하고 합의했다.

물론 표절에 대한 사과를 엔딩 크레딧에 기재하고 언론을 통한 진심 어린 사과와 함께 재발 방지를 위한 모든 노력을 다하겠다는 소명 정도는 들었다.

끝.

이 일로 7집 '공부하세요' 이후 저물어 가던 윤신애는 세계적 명성을 얻게 되었고 페이트 앨범 또한 무궁무진한 가능성으로 세계인의 입에 오르내리게 되었다.

앨범 판매는 당연히 수직 상승.

소니 뮤직은 입이 찢어졌고 탑건 OST의 수익 전부를 페이트에게 넘기겠다는 통 큰 결단을 내린다.

지군레코드 사장도 박 터졌다.

쏟아지는 달러 러시에 비명을 질러 댔고 오필승 엔터테인먼트의 창고도 그가 비명을 질러 대는 만큼 진귀한 보물로 가득 차게 되었다.

"출국하셨어?"

"내일 하신다던데. 오늘은 다른 일이 마무리된 건지 확인만 하고 오신댔어."

"그래?"

"왜?"

라일리의 물음에 메간은 자기 두 팔을 잡았다.

"으으으, 아직도 난 그 일을 생각하면 소름이 다 끼쳐."

"뭐?"

"그거. 기저귀."

"아아, 또 그 얘기냐?"

라일리가 피식 웃자 메간은 발끈했다.

"라일리, 넌 이게 놀랍지 않아?"

"누가 안 놀랍대. 놀랍긴 하지. 헌데 넌 벌써 여섯 번째 얘기하는 거야. 놀라는 것도 정도가 있다고."

"쳇, 인간미 없게……."

"내가 왜 인간미가 없어?"

이번엔 라일리가 발끈했다.

"너 영화 한 번 보면 다신 안 보지?"

"어! 그걸 어떻게……."

"원래 영화는 몇 번씩 곱씹어서 봐야 감독의 의도가 보인다고. 그것도 몰라?"

"그거야 평론가들의 평을 보면 대체로……."

"이러니까 네가 인간미 없다 소릴 듣는 거라고. 그 귀한 순간을 어떻게 평론가에게만 맡기냐? 사람마다 느끼는 게 다 다른데. 이 일도 그렇잖아. 보스가 난데없이 특허권을 산다고 했을 때 우린 무슨 생각을 했어?"

"그야…… 특허 같은 걸 뭐 하러 사나 했지."

"근데 결론은 어떻게 됐지?"

"킴벌리클라크가 사정사정하며 매달리는 걸 봤지."

"이래도 안 놀라워?"

"놀랍긴 하지. 근데 그게 내 인간미와 무슨 상관인데?"

상관은 없다.

상관은 없는데.

메간은 우겼다.

"네가 아직 이 사건의 본질을 못 보고 있잖아."

"그러니까 그 본질이 뭔데?"

"지금 기저귀 시장을 양분하는 브랜드가 뭐야?"

"그야…… 팸퍼스와 하기스 아냐?"

"그렇지. 다른 브랜드가 몇 개 보이긴 해도 대세에는 영향이 없지. 그 말은 마땅한 대체재가 없다는 뜻과 같지 않아?"

"그건 나도 인정해. 어차피 두 개밖에 없는 기저귀니까 소비자는 어쩔 수 없이 둘 중 하나를 골라야 하니까."

"그러니까 말이야. 기저귀 시장의 특징은 소비자의 선호도에 의해 승패가 갈리는 거야. 넌 이 두 회사가 미친 듯이 기술 개발에 자금을 쏟아붓는 걸 보고도 아무 느낌도 안 들어?"

"……너 설마 죄수의 딜레마를 말하고 싶은 거야?"

"맞아. 네 말대로 어차피 두 개밖에 없는 기저귀니까 제품력의 차이는 곧 소비자 선호도가 되겠지. 죄수의 딜레마 말이야. 앞으로 기저귀 산업이 무조건 발달할 수밖에 없는 이유잖아."

일대일 양자 간의 대치 구도라서 킴벌리클라크와 P&G가 아무도 모르게 담합해도 별일은 없을 거라 생각할 수도 있겠지만, 그래서 담합만 된다면 기술 개발에 들어갈 자원이 고스

란히 수익으로 전환돼 엄청난 이익으로 변모될 것으로 보이지만.

두 회사는 앞으로도 영원히 담합할 수 없었다.

이게 큰 아이러니였다.

서로를 믿지 못한다는 것.

마냥 믿다가 상대의 기술력이 당사를 앞지르게 되는 순간 어떻게 될까?

소비자의 선호도에 의해 좌지우지되는 시장에서 미묘한 차이는 곧 매출의 차이였다. 그건 곧 경쟁력이었고.

균형이 깨지는 순간 도태는 금방이었다.

매년 수억에 가깝게 아이가 태어난다. 아이가 태어나는 이상 엄마는 무조건 기저귀를 써야 한다.

아기에게 줄 것을 허투루 고르는 엄마가 있을까?

또 나이가 들어서도 필요에 따라 기저귀는 아주 유용한 물품이 될 수 있다.

가만히만 있어도 알아서 소비자가 생겨나는 이 황금 시장에서 싸구려 믿음에 기댄 도태는 있을 수 없는 일이었다.

즉 기저귀 시장은 서로를 못 믿기에 더더욱 기술 개발에 올인할 수밖에 없는 구조.

단 10g으로 수분 5L를 흡수할 수 있는 고흡수성 수지(SAP)가 개발된 것도 이런 배경이 있었기에 가능했다.

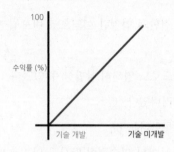

100

수익률 (%)

기술 개발　　　　　　　　기술 미개발

"소비자가 무서우니까 두 회사로서도 어쩔 수 없는 일이긴 하겠지. 이런 상황이라면 경쟁사의 상황과 관계없이 무조건 기술 개발에 투자하는 게 유리하니까."

"맞아. 게다가 또 하나 큰 이점이 있지."

"또 하나의 이점?"

"진입 장벽이 높아지잖아."

"아!"

"하나의 산업에 이미 고도의 기술력을 가졌으면서도 계속 기술 개발에 투자하는 두 회사가 있어. 설사 기저귀 산업에 열정이 있는 회사라도 그 격차를 쉽게 따라잡을 수 있을까?"

"네 말은 앞으로도 이 두 회사가 다 해 먹는다는 얘기야?"

"그럴 확률이 아주 높지."

"으음……."

"이 게임의 승자는 무조건 소비자겠지만 이번에 우리도 한 발 걸치게 된 거야. 이 얼마나 놀라운 일이야? 이래도 네가 인간미가 있어?"

우기기 위해 꿰어 맞추긴 했지만, 얼추 논리가 들어맞자 메간은 속으로 쾌재를 불렀다.

이겼다.

"메간."

"응."

"넌 이 시장이 얼마나 커질 거라 보는 거야?"

"지금은 아니지만, 최소 500억 달러 이상은 되지 않을까?"

"뭐?!"

"아까 잠시 짬을 내 한 해 7% 성장률로 시뮬레이션을 돌려 봤어. 항목으로는 시장 동향, 시장 성장 촉진 요인, 시장 기회, 개발 도상국의 니즈 정도로 뽑고. 물론 러프하게 잡아 오차는 커."

"이런 것도 해 본 거야?"

"보스가 킴벌리클라크의 CEO 프랭크 라이트와 협상할 때 참고 자료로 첨부할까 했는데 보스는 이미 예측하고 계시더라고."

"정말?"

"같이 있어 놓고 못 들었어? 그때 보스가 이렇게 말했잖아. '우린 30년 후의 세상을 보고 이 자리에 앉았습니다. 세계로 퍼져 나가는 크레이들을 상상하면서요. 당신은 아니십니까?'라고 짓밟았잖아!"

"그런가?"

"너······."

"아, 미안."

라일리가 재빨리 사과했나지만 메간의 눈초리는 이미 사나워졌다.

"라일리, 너 우리가 어떤 계약을 맺은 건 알고는 있어?"

"그야 로열티 5%잖아. 대신 5년 독점이고. 분기별로 정산. 나도 알고 있다고."

"그걸 아는 사람이 이렇게 태평이야? 생각해 봐. 예상치의 절반만 해도 250억 달러 시장이야. 여기에 5%가 얼마야?"

"12.5억 달러…… 헉!"

"계산은 빠르네. 잘 들어. 우린 지금 가만히만 있어도 12억 달러를 벌게 된 거야. 근데 하긴스가 시장을 80% 이상 독점하면?"

"메간……."

"응."

"우리가 회사 하나는 기똥차게 들어온 거 맞지?"

"그걸 말이라고 해?! 이젠 나가라고 등 떠밀어도 못 나가지."

"메간, 날 꼭 잡아 줘. 내가 미쳐서 날뛰지 않게. 알았어?"

"걱정 마. 내가 너 하나는 지켜 줄 수 있지."

의기투합, 어깨동무하고 있는데 문이 열리며 정홍식이 들어왔다.

"아! 보스."

"보스, 오셨어요."

왠지 모르게 전보다 깍듯한 두 사람을 보고 고개를 갸웃댄 정홍식은 금세 환한 미소로 두 사람을 반겼다.

"오늘은 기분이 좋은가 보네요."

"아주 좋습니다. 뭐든 할 수 있을 것처럼요!"

"저도요!"

메간과 라일리의 대답에 정홍식도 고개를 끄덕였다.

"좋아요. 다 할 수 있다니 이번 과제는 조금 특별하게 내 볼 까요? 자, 1987년 1년간의 예측이에요. 할 수 있겠어요?"

"하겠습니다."

"저도 하겠습니다."

"힘차서 좋네요. 어디 보자. 이제 곧 점심시간인데 같이 나 갈까요?"

""예.""

"내일 출국하니 오늘은 조금 더 근사한 곳에서 식사를 즐 겨 보고 싶은데 안내해 줄 사람?"

미국에서 큰 계약이 일어나고 있을 때도 한국은 여전히 헛발질에 여념이 없었다.

조산일보가 김일성이 사망했다는 소식을 대대적으로 터트리며 나라를 출렁이게 했고 국방, 문공, 통일, 건설 4부 장관들이 합동 담화를 통해 북한의 금강산댐 건설에 대응하기 위해 '평화의 댐' 건설 계획을 발표하며 또 한 번 국민의 턱을 날렸다.

TV에서는 하루 종일 북한이 88 서울 올림픽을 방해하기 위해 200억 톤의 물을 방류, 서울을 물바다로 만들겠다는 계획을 세웠다는 걸 떠들며 63빌딩의 절반이 물에 잠기는 그림을 계속 보여 줬다.

국민적 성금 모으기에 들어갔고 기업들은 대놓고 센터 꼈다.

말도 안 되는 짓거리였지만 이때는 통했다.

많은 국민이 국가의 앞날을 걱정하며 자발적으로 쌈짓돈을 꺼냈고 안녕을 빌었다. 분통 터지게 말이다.

"지랄……"

"예?"

"아니에요. 너무 황당해서요."

"황당하다고요? 북한이 금강산댐을 터트리면 위험한 거 아닙니까?"

김연마저도 이랬다.

"안 위험해요. 정부가 비자금 만들려고 국민을 속이는 거예요."

"예?!"

"동양 최대의 저수량이라는 소양강댐이 29억 톤이에요. 한반도란 구조에서 200억 톤이라는 저수량은 나올 수가 없어요. 중국이라면 모를까."

"하지만 TV에선 서울이 온통 물바다가 된다고 말하고 있는데……요."

"개떡 같은 일이죠. 화성시에서는 사람이 죽어 나가는데. 살인범은 안 잡고 엉뚱한 짓이나 벌이고 있으니."

"……"

도무지 납득이 안 되는 표정이라 나도 더 얘기하기 짜증도

나고 해서 화제를 돌렸다.

"답도 안 나오는 애긴데 그만할까요?"

"아, 예."

"본래대로 돌아가서. 시나윈은 어떻게 됐어요?"

"알아보니 곧 1집 활동을 마칠 예정이랍니다. 서라빌에서도 앨범만 계약한 터라 마음만 먹으면 데려올 수 있을 것 같습니다."

"완료되는 시점에 한 번 봤으면 좋겠어요. 사운드도 좀 들어 보고요."

"알겠습니다."

"카프카는 어때요?"

"운영은 나무랄 데가 없습니다. 이미 음악 카페 계에서는 독보적으로 올라선 터라 적수가 없습니다."

"가수 수급은요?"

"그것도 문제없습니다. DJ들이 알아서 오디션을 보고 있고 작은 대회를 열어 손님 중에서 더러 뽑기도 합니다. 아 참, 요새 보이는 애가 한 명 있긴 한데. 이름이 변진석이라고. 구력도 좀 되고 목소리에 힘이 있더라고요."

변진석은 1987년 MBC 신인가요제를 통해 알려진다.

1988년 1집을 내며 일약 스타덤에 오르고.

슬슬 거둘 때가 됐다는 것.

"그 사람 연습생으로 올리세요. 계약 맺으시고요."

"안 그래도 건의드릴까 했는데 잘됐습니다."

"의견이 같아 좋네요. 다른 인물은 없나요?"

"이태원 등지에서 요즘 뜨는 애들이 있는데. 그쪽에서는 제법 이름을 날리는 중입니다."

"누군가요?"

"박남전과 이준노, 박천우라 합니다."

박남전은 '널 그리며'로 탑을 찍고 이준노는 '난 알아요'로 가요계에 획을 긋고 박천우는 '이별 공식'으로 이름을 날린다.

박천우는 그룹 활동 종료 후 일절 방송에 나타나지 않아 신비감을 조성했지만 박남전과 이준노는 근황을 드러내는 경우가 많아 나도 잘 알고 있었다.

셋 다 아까운 인물이긴 한데.

지금 쓸 수 있는 카드는 한 명뿐이었다.

"박남전을 데려오세요. 이참에 댄스를 본격적으로 시도해 보는 것도 괜찮겠죠."

"그러십니까?"

"실장님이 잘 케어해 주실 수 있죠?"

"문제는 없습니다. 재간둥이긴 한데 키가 좀 작아서…… 괜찮겠습니까?"

"괜찮아요. 키는 크게 문제가 안 돼요."

"알겠습니다. 그럼 그리 진행하겠습니다."

역사는 원래대로 돌아가려는 성질이 있는지 이문셈이 엄

청난 사랑을 받는 가운데 최성순과 민애경, 김완서가 앞다퉈 순위권에 올랐고 최성순의 '남남'은 기어코 1위를 달성했다. 별국화는 찬바람이 불어서야 2집을 발매했고 말도 많고 탈도 많던 김현신과 봄여름가을겨운은 결성 1년 만에 해체의 길을 걸었다.

견해차라고.

다시 솔로로 돌아온 김현신을 두고 김종신과 전태간만 따로 묶어 봄여름가을겨운으로 결성하고 장기오와 박선식은 다른 밴드로 떠나가기 전 빛과 소금물로 합치게 도왔다.

"다 됐나요?"

"아 참, 가수 하겠다고 직접 찾아온 친구가 있었습니다. 데모 테이프를 두고 갔는데. 제가 시간이 없어 들어 보지 못했습니다."

"그래요? 지금 들어 볼까요?"

"총괄님도 들으시게요?"

"같이 들으면 좋잖아요."

"맞습니다. 금방 가져오겠습니다."

나갔다 들어온 김연의 손에는 테이프가 하나 쥐어져 있었다.

플레이어가 시작되는 순간.

"……!"

주먹이 절로 쥐어졌다.

김연은 이 가수에 대해 이렇게 설명했다.

"여러 군데 돌다가 많이 쫓겨난 모양이더라고요. 찾아와서도 머뭇대는 게 자존감이 많이 낮아진 상태였습니다."

"그런가요?"

"어떤 회사는 너무 저음으로 시작한다며 퇴짜, 또 어떤 회사는 발라드가 이문셈처럼 잔잔히 해야 하는데 처음부터 지른다고 퇴짜. 혹 퇴짜 놓더라도 조언만이라도 남겨 달라고 부탁했습니다. 아주 절실하게요."

"지금 어디에 있나요?"

"여기 전화번호가 있습니다."

"데려오세요."

신승후였다. 대한민국 발라드의 황제.

데모 테이프 속 곡도 '미소 속에 비친 그대'라.

편곡이 들어가야 완벽해질 테지만 데뷔와 함께 가요톱텐 1위를 찍을 명곡이 맞았다.

재밌었다. 이런 복덩이를 발로 차 낸 멍청이들은 도대체 뭔지.

90년대를 통으로 삶아 먹을 싱어송라이터를 짧디짧은 역량으로 재단하고는 그 목구멍으로 밥은 넘어가나?

본래 신승후는 산울린의 김창안이 알아보고 끄집어낸 가수였다. 대전에서 쇼 프로그램 바람잡이나 하던 그를 발탁해 메이저로 올렸고 황금알을 낳는 거위로 변모시켰다. 훗날 라일음향으로 독립한 김창한이라는 작곡가와 손잡고 길을 걸어가게 되는데.

신승후는 가만히 놔두면 자기가 알아서 작사 작곡 노래까지 다 하기에 따로 손댈 일이 없는 가수였다.

알짜배기.

연락한 지 30분도 안 돼 신승후가 달려왔고 또 나와 마주치고는 크게 놀라워했다.

나도 좀 놀라긴 했다.

생각보다 너무 야위었다. 안색도 좋지 않고.

못 먹고 다니는 게 틀림없었다.

"실장님, 국밥이나 한 그릇 먹이고 오세요. 굶은 티가 너무 나네요."

"알겠습니다. 가자."

"네? 넵."

◇ ◆ ◇

정산 날이 다가왔다.

누구도 예상 못 했을 깜짝 성공이라 결산 내용을 말할수록 모두가 한동안 입만 벌리고 있었다.

페이트는 나만 따로 집계했다.

탑건 덕인지 미국에서만 하반기 5집 판매량이 300만 장, 4집 80만 장, 3집 80만 장, 2집 30만 장, 1집 100만 장이 나갔다. 일본에서도 추가로 50만 장이 더 나가며 도합 640만 장이

191

라는 어마어마한 숫자가 나왔다.

매출만 320억이었다.

창작료가 64억, 배당금이 204억.

페이트로만 내 통장에 268억이 꽂혔다. 기타 수입은 32억
으로 끊어 300억에 맞췄다.

이중 100억을 난 대길 건설에, 200억은 DG 인베스트에 넣
었다.

대길 건설도 내가 준 100억 중 50억을 DG 인베스트로 넣
으며 정산 완료.

"새해엔 오필승 엔터테인먼트의 급여 체계도 바뀝니다."

종전, 사원 550, 대리 630, 과장 800, 차장 900, 부장(실장)
1000, 이사 1500에서.

사원 650, 대리 800, 과장 1000, 차장 1300, 부장 1500, 이
사 2000으로 인상시켰다. 보너스 잔치도 86년 연봉과 같게
베풀었고 마지막으로 가수들에게도 큰 거 한 방 쐈다.

전속 가수의 수익 비율을 종전 7:3에서 6:4로 바꾼 것.

환호가 일었고 86년 연말도 작년처럼 풍성해졌다.

"올해 제작할 앨범이 무엇이죠?"

"조용길 외 장혜린 2집과 이문셈 4집, 최성순 2집이 일단
잡혀 있고요. 민애경도 바로 나갈 계획입니다."

"완서 누나는요?"

"아! 빼먹었군요. 김완서도 바로 2집으로 공략할 겁니다."

"작곡가는 어떻게 하고 있나요?"

"문셈이는 이영운 작곡가님이 그대로 붙을 예정이고요. 완서는 김창운 씨로 더 가 볼 생각입니다. 애경이는 강인언이라는 사람과 작업하길 원하더라고요."

"강인언이요?"

"우리 별국화랑 인연이 깊더라고요. 85년부터 솔로 활동 중이긴 한데 가수보단 작곡가로서의 재능이 더 큰 것 같습니다."

강인언은 '비 오는 날의 수채화'를 부른 세 사람 중 하나이다.

"알겠어요. 원하는 대로 해 주죠. 근데 곡은 들어 보셨어요?"

"내놓은 곡 중 전 이게 제일 좋았습니다."

틀어 주는데 '그대는 인형처럼 웃고 있지만'이었다.

민애경의 최대 히트곡.

오케이.

"그럼 혜린이 누나는 이세근 씨를 붙여 주세요. 이대로 밀고 가시고요. 아 참, 우신실과 인순희 누나는 어때요?"

"조용합니다. 신실이는 곧 대학 졸업이라 아직 괜찮은 것 같은데 인순희가 좀 애매합니다. 붙여 줄 작곡가를 찾지 못했습니다."

원역사에서도 이 시기 인순희는 아무것도 하지 못했다.

"문제긴 하네요. 두 사람은 좀 더 고민해 보기로 하고 일단 시나윈부터 데려오세요."

"알겠습니다."

1987년은 시작부터 아주 바빴다.

신인들 앨범을 쏟아 내야 했고 가요계 황금기를 일굴 주역들을 미리 세팅해 놔야 했다.

'억지로 욕심 낼 생각은 없었지만 오는 걸 막을 생각도 없어.'

미국 시장의 성공으로 페이트만 집중해도 살림살이는 날로 풍족해질 것이나 또 몇 년 지나지 않아 그마저도 초월하는 부를 이룩할 것이니만큼 나로서는 이제 어떻게 돈 벌 것이냐란 개념은 떠난 상태였다.

대신 주체 못 할 돈을 어떻게 안전하게 쓸 것이냐가 굉장한 문젯거리가 돼 버렸다.

그래서 그런지 요즘 대길 건설이 내가 꽂아 준 돈으로 요충지마다 신나게 땅을 사 대고 다니는 것이 무척 흐뭇했다. 수도권 일대를 돌며 교통과 관계된 땅은 무작위로 쓸어 모으는 중이라는 것.

"총괄님, 시나원이 도착했습니다."

"아, 예."

김연 덕에 상념에서 겨우 벗어난 나는 바로 2층 연습실로 향했다.

어떻게 구워삶아 놓았는지 내가 등장하자마자 벌떡 일어나 허리를 굽힌다.

시나원은 보컬 임재번이 군대 간다는 일방적인 통보에 몇 개월 동안 해체와 재결성의 고통을 겪었다. 지금은 신대천 외 전부가 바뀐 상태다.

일일이 인사한 나는 실력부터 보자 했다.

"밴드는 사운드죠. 소리부터 들어 볼까요?"

"알겠습니다!"

시나윈도 내 말이 옳다는 듯 즉석에서 곡을 연주했다.

탁탁탁 드럼으로 시작하는 연주와 기타 솔로가 특징인 '크게 라디오를 켜고'였다.

절반쯤 들은 나는 손을 들어 정지시켰다.

"1집보다 사운드가 더 좋아졌네요."

"그렇습니까?!"

다들 얼굴이 환해졌다.

"좋아요. 오늘 부른 이유는 줄 곡이 있어서예요."

"곡을 주신다고요?"

신대천의 눈이 휘둥그레진다.

운 좋으면 오필승 엔터테인먼트와 계약할지도 모른다는 기대로 왔는데.

대뜸 곡을 준다고?

이런 얼굴인데.

나도 굳이 설명해 주지 않고 조용길 7집 녹음 때 따로 빼놓은 곡들을 들려줬다.

첫 곡은 Metallica의 Sad But True

1991년 발표한 곡으로 Enter Sandman만큼 성공 가도를 달린, 메탈리카 곡 중 가장 무거운 튠을 자랑하는 곡이었다.

라이브 하나로 훗날까지 사랑받은 곡으로 원래 더 빠른 템
포였으나 프로듀서로 참여한 밥 록의 반대로 무겁고 느린 곡
으로 변모했는데 그래서 거의 모든 곡을 반음 낮춰 부르는 메
탈리카도 유일하게 키를 낮추지 않는 곡이 되었다.

"어때요?"

"끄, 끝내줍니다."

신대천의 손이 벌벌 떨렸다.

아주 보람 차는 장면이다.

헤비메탈을 지향하는 밴드에게 메탈리카란 결국 이런 의
미가 아니겠나.

"우리랑 계약할 거예요?"

"무조건 하겠습니다!"

김연을 슥 봐 줬다. 어느새 4층으로 올라갔다 왔는지 전속
가수 계약서를 들고 있었다.

슥삭슥삭 사인 끝.

그러나 아직 끝나지 않았다.

"곡이 더 있어요. 이것도 줄 생각인데 들어 볼래요?"

"더 있다고요?!"

"네."

"듣겠습니다."

응낙하자마자 다음 곡을 틀었다.

이번엔 Nirvana의 Smells Like Teen Spirit이었다.

이 곡도 1991년에 나왔는데 커버가 수영하는 아기로 아주 유명했다.

2집 앨범 'Nevermind'은 Kurt Cobain을 중심으로 너바나 멤버들이 직접 만들었는데.

희한한 건 앨범 자체는 빌보드 200 차트 1위에 오르며 기염을 토하지만 정작 이 곡은 성적이 평이했다는 것이다.

물론 비평가와 음악 애호가들은 Smells Like Teen Spirit을 락음악 역사상 가장 위대한 곡 중 하나로 꼽길 주저하지 않지만.

역시나 곡을 듣는 신대천은 죽어 나갔다.

이해는 갔다.

꿈속에서나 그리던 곡을 만났으니 얼마나 황홀할꼬.

"총······괄님."

"소화할 수 있겠어요?"

"해야죠. 무조건 할 겁니다!"

"그럼 다음 곡도 드릴게요."

또 틀었다.

Oasis의 Underneath the Sky였다.

1996년 발매된 Don't Look Back In Anger의 싱글 수록곡으로 서정적인 멜로디 때문인지 노엘이 개인적으로 제일 좋아하는 곡 중 하나였다. 나도 그렇고.

"······."

"......"

"......"

"......"

연습실은 자정이 된 것처럼 적막이 흘렀다.

나는 쿨하게 밖으로 나갔다.

마무리는 김연이 알아서 하겠지.

◇ ◆ ◇

《종천이를 살려 내라!》

《살인자 경찰을 즉각 구속하라!》

《경찰이 시민을 죽였다!》

《경찰은 밖으로 나와 사죄하라!》

《정권의 앞잡이 경찰은 해산하라!》

날이면 날마다 시위였다.

날이면 날마다 부르짖었다.

승승장구하는 오필승 엔터테인먼트와는 달리 시국은 세기 말로 향하는 것처럼 을씨년스러웠고 보는 것만도 피로감이 돋을 정도로 묵직하였다.

민주화에 대한 열망도 좋고 투쟁하여 쟁취하려는 시도도 다 좋다지만, 사람이 너무 많이 죽어 나가고 있었다.

작년부터 분신자살에 의문사에 쉴 새 없이 죽음이 튀어나왔고 올해는 시작부터 학생이 죽었다. 책상을 탁 치니까 억! 하고 죽었다라고 유명한 박종천 고문치사 사건이었다.

분노는 극에 치달았고 막으려는 자는 더 강한 수단을 강구했다.

양편은 어느 곳에서도 타협점이 없었다.

그나마 입바른 소리라도 해 주던 야당 총재는 창당의 깃발을 올린 양김에 밀리자 잠적해 버렸고 야당은 이 중요한 때 아무 일도 하지 않았다.

화성시에서도 또 한 명의 희생자가 발견됐다.

같은 도시에서 석 달 새 다섯 명이나 죽어 나갔음에도 경찰은 이렇다 할 대책이 없었다. 아니, 감추느라 급급했다.

나우현이 제아무리 능력자라도 혼자선 역부족.

나도 더 이상은 기다릴 수 없어 강희철을 직접 불렀다.

"가져오셨나요?"

"예……."

올 때 작년부터 작성한 화성 사건 기록 일지를 가져오라 하였다.

대외비이건만 강희철은 어떻게든 구해 왔다.

"경감님은 사이코패스라는 말을 들어 본 적 있으세요?"

"사이코패스…… 경찰 대학 때 들어 본 적 있습니다."

"사이코패스는 의학 용어로 반사회적 성격 장애, 품행 장

애라고도 불리는데요. 쉽게 풀이하면 무슨 짓을 저지를지 모를 사람들을 가리키는 거예요."

"아……예."

고개를 끄덕이며 수첩에 적는다.

사이코패스라고.

"전 이 사건이 사이코패스와 관련됐다고 판단했어요."

"……그렇습니까?"

"앞으로도 계속 희생자가 발생할 테니 말이에요."

"예?!"

"못 믿겠어요?"

"그게……."

"실망이네요. 전에 그렇게 얘기를 해 뒀는데도 크게 신경 쓰지 않았나 봐요."

"아닙니다. 그날 이후 저도 유심히 지켜봤고 문제를 심각하게 받아들이는 중입니다."

"그래서 넷이 더 죽었나요?"

"크음……."

"놔두면 더 죽을 거예요. 이젠 멈출 수가 없기 때문이죠."

"예?"

"트리거가 발동된 사이코패스는 자기도 자기를 어쩌지 못해요. 경찰이 있든 말든 옆에서 누가 지키든 죽을 때까지 사람을 죽일 거예요."

"총괄님!"

"이 사건 이전, 분명 어딘가에서 예행연습 같은 범죄를 저질렀을 거예요. 예를 들어, 강간이나 강도 같은 것들로요. 체포되지 않음에 점점 자신감이 붙었을 테고 살인 입문을 위한 표적을 탐색했을 거예요. 진짜 예술로 넘어가기 위해."

"그 말씀은……!"

"경감님은 그가 어디에 있을 거라 판단하시나요? 설마 외부에서 왔다고 결론 내신 건 아니시죠?"

"……."

"……."

심각한 표정으로 시선을 내리간 강희철은 내 말에 동의한다는 듯 고개를 끄덕였다.

"인식범이라고 추정 중입니다. 집과 아주 가까운 곳. 보통 첫 범죄는 집에서 가까운 인근에서 시작되니까요."

"다행히 아시고 계시네요. 참혹한 면이 너무 부각돼서 그렇지 결국 순서는 같아요. 자, 그렇다면 어디를 가장 중점적으로 봐야 할까요?"

"첫 번째 살인 사건입니다!"

"가장 만만하고 가장 죽이기 쉬우면서도 사람에 대한 경계가 거의 없는 표적이라면 첫 도전으로는 아주 훌륭하지 않을까요?"

"세상에……."

입을 떡 벌리는 강희철을 두고 용의자 사진을 들췄다.

"이 논리가 맞다면 범인은 첫 희생자의 집과 가깝거나 지인이라는 결론이 나와요. 즉 지금 경찰이 하는 행태와 정반대가 되죠. 이 정도면 용의자의 범위가 확 줄지 않을까요?"

용의자만 이미 수십이었다. 그 사진들을 한 장, 한 장 치웠다.

다 치우고 나니 다섯 장밖에 안 남는다.

이 중에 범인이 있었다.

그래도 콕 찍지 않았다. 그저 길만 알려 줄 뿐.

"사이코패스의 특징 중 하나가 감정이 없다는 거예요. 초극단 이기주의. 타인과의 공감 자체를 이해 못 합니다. 즉 지금도 평소대로 생활하고 있을 거예요. 태연히, 눈에 안 띄게."

"이 중에 있다는 겁니까?"

"인간으로 보고 다가가시면 안 돼요. 인간의 관점으로도 봐서는 곤란해요. 다른 생명체 혹은 외계인으로 보서도 무방합니다."

"아……."

"필시 전리품을 챙겼을 거예요. 똑같은 방식으로 살인했으니 분명 집안 어딘가에 콜렉션을 만들어 놨겠죠. 그러니 괜한 사람 잡아서 면피할 생각 마세요."

"면피요? 그게 무슨 말씀이십니까?"

"일이 커지면 대가리 굴릴 놈들이 나온다는 거예요. 만만한 놈 잡아다가 범인 만들고 병신 만들고 사회적으로 매장시키는 건 경찰이 자주 하는 짓이잖아요."

"그건…… 크음."

"가세요. 가서서 더는 피해자가 나오지 않게 힘써 주세요."

"알겠습니다. 죄송합니다."

"그전에 정신과 의사에게 들려 사이코패스에 대한 자문을
구해 주시고요. 나중에 어떻게 잡았냐고 물으면 해 줄 답은
있어야 할 것 아니에요?"

"그렇군요. 아니, 반드시 잡겠습니다!"

강희철을 내보내고 나는 나우현에게 전화를 걸었다.

나우현은 몇 달째 집에도 들어가지 않고 화성시 어느 여관
에 묵고 있었다.

"지금부터 강희철 경감을 따라다니세요. 일거수일투족을
기록하시고 협조하신다면 범인의 얼굴을 가장 먼저 찍게 될
겁니다."

◇ ◆ ◇

하루가 되지 않아 범인이 잡혔다.

관할 경찰서가 뭐라든 동원할 수 있는 인원은 죄다 몰고 간
강희철의 결단력은 강력했고 다섯 집을 한꺼번에 급습하는
짓을 벌였다.

그중 한 집에서 피해자들의 소지품으로 보이는 물품을 발

견하는 쾌거를 이루었다.

고로 서초경찰서장 브리핑 옆자리는 강희철의 몫이 됐다.

≪……범인은 그동안 용의주도하게도 수사망을 피해 다녔으나 우리 서초경찰서의 엘리트 경찰들에게는 결국 덜미가 잡혔습니다. 서초경찰서는 그간 쌓아 놓은 데이터를 토대로 첨단 과학적인 기법으로 범인의 행동거지를 추적, 인력을 총동원한 작전 전개로 범인이 빠져나갈 루트를 사전에 차단했고 일거에 덮쳐 잡아내기에 이르렀습니다. 놀랍게도 범인은 바로 옆집에서 기거하던…… 사이코패스의 진단을 받…….≫

다섯 명이나 죽이며 화성시를 공포에 휩싸이게 했던 범인의 얼굴이 TV를 통해 생중계됐다. 흉측하고 무서울 것이라는 상상과 달리 평범한 인상의 젊은 남자라는 것에 모두가 놀랐다.

조금 더 빨리 잡았으면 좋았겠지만.

앞으로 죽어 나갈 열 명과 억울하게 죄를 덮어쓸 사람을 구한 것에 만족하기로 했다.

"잡혔으니 됐어."

이럴 때 정치권은 김영산이 김대준의 추대로 야당 총재직에 오르며 분열된 계파를 수습했고 본격 신당 창당의 길로 걸어가고 있었다. 전두한은 이들의 대항마로 작년 한 해 조용히, 얌전히, 당대표직을 수행하였던 노태운에게 정국 주도권을 주었다.

역사가 비슷하게 흘러갔다.

그리고 나는 4학년이 되었다.

1년 내내 기 한 번 못 편 3학년 담임은 홀가분한 얼굴로 나를 보냈고 4학년 담임은 똥 밟은 표정으로 나를 반겼다.

그 마음을 모르지 않는 터라 더욱 조심히, 예의를 갖춰 담임을 대했다.

4학년에서도 풍금은 내 몫이었다. 바통터치라도 했는지 시간이 남을 때마다 담임은 나에게 연주를 요구했고 음악이라는 공통분모 속에서 나에 대한 편견은 옅어져 갔다.

물론 수업 시간에 떠들지도 않고 선생님 말씀이라면 열심히 배우는 자세를 갖춘 것도 있었지만 어쨌든 담임이 더 이상 나를 경계하지 않는 것이 만족스러웠다. 가끔 교장이 찾아올 때마다 원위치 되긴 했지만, 이 부분만큼은 나도 어쩔 수가 없었다.

"시나원 2집 작업이 곧 끝날 것 같습니다. 확실히 실력이 남다른 친구들이더군요. 제법 팬층도 두껍고요."

"잘 키워 주세요. 위대한 탄생이 바쁠 때는 시나원을 대타로 쓸 거예요."

"가능하겠습니다. 실력 있는 뮤지션은 많을수록 좋겠죠."

≪사랑하기에 밀어낸다는 그 말 나는 받아들일 수 없어.

사랑한다면 왜 이별해야 해. 그 말 나는 받아들일 수 없어~≫

라디오에서 익숙한 노랫소리가 흘러나왔다.

"노래 잘하네요."

"작년 MBC 대학 가요제 금상 수상자입니다. 이름이 이정식이라던가요? 대상이 윤열이라는 친구인데 그 친구도 괜찮더군요."

"그런가요? 실력도 그렇고 음색도 그렇고 괜찮네요. 이 곡으로 1등 할 것 같은데요."

"그렇게 보십니까?"

"이 곡 하나로 10년 이상 사랑받을 것 같아요. 곡이랑 가수랑 아주 잘 어울려요."

"그렇군요. 역시 궁합이 중요하겠죠? 문셈이 경우도 그렇고."

"맞아요. 곡과 가사, 가수 그리고 시대가 맞아떨어져야 불후의 명곡이 나오죠."

"후후후."

"왜 웃으세요?"

"왠지 총괄님과는 어울리지 않는 말 같아서요."

"예?"

"하하하하, 저 정도 곡에 그런 말씀 하시면 한국 음악가들은 다 죽어야 합니다. 아닌가요? 이러면 총괄님은 모든 걸 초월하신 게 되는 건가요? 제 논리가 맞습니까?"

"아, 왜 그러세요. 부끄럽게."

대화하는 사이 이정식이 들어가고 여자 솔로가 나왔다. 이름이 유미린이라고 했던가?

트럼본과 트럼펫이 시작을 알리며 단단하고 힘 있는 목소리가 특징이었는데 곡 역시 '젊음의 노트'였다.

≪구름 속을 걸어 봐도 느껴지지 않는 나의 빈 마음, 잡으려면 어느새 없어지는 시간의 고독이여. 엽차를 마셔 봐도~≫

앙칼졌다.

살쾡이가 할퀴듯 빠르면서도 코뿔소가 덤비듯 묵직했다.

"저 친구도 작년 대상 출신입니다. MBC 강변가요제."

"그렇군요. 대상으로 뽑힐 만하네요."

"저 친구는 어떠십니까?"

"저 한 곡으로 먹고살 것 같네요."

"그런가요?"

"저 곡 이상의 무언가가 나오지 않는다면 그럴 확률이 높아요."

"그럼 아까 그 친구와 같은 건가요?"

"맞아요. 이문셈에게 이영운이 붙었듯 어울리는 작곡가가 붙지 않으면 반짝하다가 사라지겠죠."

"이래도 문제, 저래도 문제네요. 그럼 어떻게 하는 게 좋을

207

까요?"

"예?"

≪나의 작은 가슴에 초 하나 있어 이 밤 기원할 수 있다면
~~ 촛불축제를 벌려 보자 촛불축제야. 촛불축제를 벌려보자
촛불축제야~~≫

이번엔 이재선의 '촛불잔치'가 나왔다.

어릴 적 골목을 쏘다니며 엄청 불렀던 노래였다.

"처음부터 대형곡으로 나오는 것과 조금은 힘들더라도 처
음은 미약하게 시작하는 것 말입니다."

"둘 다 장단점이 명확해요."

"명확할 정도입니까?"

"결국 사람마다 달라지거든요. 오만한 기질을 가진 사람은
고생길을 걷다 얻는 게 자기 일생을 두고도 좋겠죠. 그래야
대중의 사랑에 감사하거든요. 반면, 단번에 떠오른 신인들은
인성은 둘째 치더라도 후속곡이 문제예요. 내공 없이 올랐다
면 반짝 끝날 테고 이겨 내려면 피똥 싸야 할 거예요. 우리로
치면 완서 누나 정도가 되겠네요."

"완서……로군요."

김완서는 작년 연말 시상식에서 신인상을 탔다.

"다행히 누나는 우리가 있잖아요. 물론 신승후 같은 재능

충을 차 버리는 다른 기획사의 안목으로는 반짝거리는 재능
도 유명무실해지겠지만."

"맞습니다. 저기 근데…… 그 재능충이란 말은 뭔가요?"

"아! 재능 넘치는 사람요. 관용적 표현이에요. 재능이 너무
뛰어난 사람을 희화화하여 가리킬 때 써요."

"재능충이라…… 대체 어디에서 쓰는 단어죠?"

"그냥 저 혼자 지었어요."

"그래요?"

말을 끌며 나를 시선으로 한 번 훑는 김연이었다.

그러더니 또 혼자 피식 웃는다.

"그렇다면 총괄님은 재능신인가요? 하하하하하."

딴에는 농담이라고 웃는데.

나는 다큐였다.

"한 분야에서 독보적인 사람을 가리킬 때 '신'자를 붙이기
도 하죠. 예를 들어, 여신이라든가 게임의 신이라든가."

금세 웃음을 지웠다.

"커흠흠."

"이제 본론으로 넘어갈까요?"

"예."

"시나윈은 계획대로 진행시켜도 될 것 같아요. 어떠신가요?"

"저도 좋습니다. 우리 오필승의 스펙트럼이 넓어지는 일인
데요. 대환영이죠."

"최성순은 어떤가요?"

"2집 준비는 마쳤습니다. 시기를 보고 있죠. 곡을 잘 쓰더라고요. 입신에 대한 열망도 있고요."

"상처가 많은 분이라 더 깊은 공부를 원할 수도 있어요. 미리 괜찮다고 주지시켜 주세요."

"공부라면…… 혹시 유학을 말씀하십니까?"

"예."

"전부터 체면이 강한 사람이라는 말씀은 하셨는데 결국 학벌이 중요하다는 얘기군요."

"부족한 걸 채우기 위한 노력이라고 해 두죠."

"알겠습니다. 미리미리 주지시켜 놓겠습니다."

"앨범은 4월 말에서 5월 초가 어떨까요?"

"4월에서 5월이라면……"

수첩을 뒤지더니.

"괜찮을 것 같습니다. 아니면 아예 가을쯤으로 미루는 것도 괜찮고요. 성순이 곡이 워낙 가을 타는 곡이라."

"그 건은 용길이 아저씨가 아닌 이상 바로바로 반응이 오진 않을 테니 미리 내는 거로 가죠."

"아, 그렇군요. 그렇게 진행하겠습니다."

"장혜린은요?"

"이세근 작곡가와 합을 맞춰 봤는데 생각보다 잘 어울립니다. 우선 여름을 보며 앨범 작업 중입니다. 아 참, 피아노 잘

치는 친구가 하나 있는데. 괜찮은 재능 같아 데려올까 합니다."

"누구예요?"

"우연히 만났습니다. 밴드 비상 출근의 피아노 세션을 하던 친군데. 이름이 유영섭이라고 하더군요."

유영섭이면

푸른 하늘이다.

"우리 식구로 데려오세요."

"이렇게 바로요?"

"실장님을 믿으니까요."

"하하하하, 쑥스럽습니다."

뒷머리를 긁는다.

"안건은 다 끝났나요?"

"아직 남았습니다. 제일 중요한 것이요."

"뭐죠?"

"조용길과 페이트."

"아!"

"조용길 8집과 페이트 6집. 둘 다 걱정은 안 하지만 이제 슬슬 스케줄을 잡아야 할 것 같아서요."

맞는 얘기였다.

시즌이 다가왔다.

내가 전면으로 나설 시기.

조용길 7집은 이전과 다른 매니아틱한 설정에 설왕설래가 많았다. 그래서 이번 8집은 조금 더 소프트하게 갈 생각이었는데.

아무것도 못 했다. 하는 것도 없이 시간이 잘 가는 것 같고.

무슨 곡으로 할까?

'마도요'가 나왔으니 본래 대로라면 조용길 10집 곡들이 이번 8집 음반에 들어가야 하겠지만, 조용길 10집엔 '서울서울서울'이 있었다. 88올림픽 헌정곡.

즉 이번은 내가 적극적으로 참여해야 했다.

"그럼 조용길 8집부터 시작하죠."

"페이트 6집은 연달아 가는 겁니까?"

"제가 부탁한 가수들만 잘 섭외해 주세요."

"그건 이제 걱정 마십시오. 일본 공연부터 그랬지만 윤신애의 성공을 본 후, 손만 내밀면 언제든지 오케이입니다."

탑건의 인기가 높아질수록 Take My Breath Away를 부른 윤신애의 네임밸류도 올라갔다. 미국 뉴스에도 나오고 인터뷰도 하고 영상도 찍어 가고 공연도 나가고.

그걸 본 우리나라 뉴스에도 대대적으로 나왔으니 페이트 앨범에 실리면 글로벌 싱어라는 공식이 우리나라에만 생겼다.

"위상이 많이 올라갔네요."

"확실히 일본보단 미국에서의 성공이 훨씬 더 큰 업적처럼 여겨집니다."

"그렇겠죠. 본고장인데."

"맞습니다. 사실 저는 지금도 심장이 다 벌렁거립니다. 자랑스럽고 기쁘면서도 믿어지지 않기도 하고요."

"마음껏 즐기죠. 하하하하하하."

"마음껏 즐기고 있습니다. 하하하하하."

"자, 이제 올해 내용은 얼추 다 정리된 것 같은데……."

똑똑똑

노크가 울리며 정은희가 고개를 빼꼼 내밀었다.

"지군레코드 사장님이 찾아오셨어요."

"아, 들어오시라고 해요."

"저는 이만 가 보겠……."

"실장님도 앉아 계세요. 중요한 내용이면 어차피 전달해야하잖아요."

"아, 예."

"여어~ 오필승의 브레인들이 또 무슨 작당을 하고 계셨던가. 하하하하하."

기분 좋은 일이 있나 보다.

"어서 오세요. 사장님. 여기 앉으세요."

"고마워. 내가 요즘 이렇게 일이 잘 풀릴 수가 없어. 하하하하."

"잘되니 좋죠."

"맞아. 김 실장도 그렇지? 서로 잘되니까 좋잖아."

"맞습니다. 서도 다 잘돼야죠."

"맞아. 내가 요즘 들어 느끼는 게 참 많아. 그동안 너무 앞만 보고 달린 게 아닌지 하고 말이야. 조금은 더 여유롭게 살아도……."

슬슬 시동 거는 것이 술만 마시면 나오는 라떼의 냄새가 진하게 풍겨 얼른 끊었다.

"오늘은 무슨 일로 오셨어요?"

"어?! 아! 그게 소니에서 연락이 왔어."

"뭔데요?"

"애들 뮤직비디오 좀 찍재."

"뮤직비디오요?"

뮤직비디오라.

"동시에 미국 투어를 기획하고 있다던데."

투어까지.

"5집을요?"

"아니, 전부."

"일이 좀 커지는데요."

"크지. 부담도 되고."

"기회이기도 하고요."

"맞아. 페이트 6집 발매와 맞춰서 가자는 얘기가 나왔어. 어떡할래?"

"생각해 봐야 할 것 같아요."

"왜? 좋은 기회잖아. 우리 가수들이 미국 투어에 임하는 거라고."

"성급한 느낌이 드네요. 소니도 아직 완전히 자리 잡지 못했는데."

"그래서 이러는 거 아냐?"

"아니요. 다시 생각해도 문제가 커요."

"무슨 문제인데?"

"우린 동양인이잖아요."

"엉?"

2020년에도 백인 > 흑인, 히스패닉 > 동양인의 순서는 여전했다. 하물며 지금은 1987년.

어디 KKK 단이라도 튀어나와 따발총을 갈기면 어떡하나?

굳이 KKK 단이 아니더라도 극렬 보수주의자가 한 사람 건너 한 사람인 게 미국이라는 나라였다. 총기 자유국이기도 하고.

말리고 싶었다.

"시기가 좀 이른 것 같아요. 투어를 한다 한들 미국 애들이 한국을 신경 쓸까요? 어디에 붙어 있는지도 모르는데. 걔들에게 동양인은 칭키와 잽스가 전부예요. 그런 애들이 우리 가수를 환영할까요? 적어도 88올림픽은 지나야 그나마 비벼 볼 만할 거예요."

"그……정도야?"

"오히려 반발이 클 수도 있어요. 서양의 독점 전유물인 줄 알

왔던 음악사에 동양인이 갑자기 튀어나온 거잖아요. 자기들이
최하층민으로 깔아뭉개는 그 동양인들이 보란 듯이 투어까지
하면 어떤 상황이 벌어질까요? 완전 역효과예요. 뮤직비디오
도 그렇고 아직은 우리를 감출 때예요. 몇 년 더 참아 보죠."

"으음, 미국이 그렇게 심각했어?"

"지금도 엄청 순화해서 말씀드리는 거예요."

미국의 인종차별은 뿌리가 아주 깊었다.

군대도 백인 군대, 흑인 군대가 따로 있을 정도였으니.

합쳐진 게 6. 25때였나? 30년이 더 지났다 한들 얼마나 가
까워졌을까?

"넌 아주 신중하구나."

"신중한 게 아니라 우리가 미국을 너무 찬양하는 게 문제
란 거죠. 국민의 1/3이 글자도 못 읽는 나라라고요. 자기 나
라가 세계 지도 어디에 붙어 있는지도 모르는 애들이 태반인
나라라고요."

"뭐?! 자기 나라가 어디에 있는지도 몰라? 에이, 설마……."

"자꾸 좋은 것만 보여 줘서 그렇지 실질이 그래요. 학교 다
니는 애들 빼고 성인의 절반이 문맹이라고 봐도 돼요."

2003년 1월 26일부터 내가 회귀하기 전까지 미국 ABC에서
방송한 지미 키멜 쇼에서 이런 이벤트를 기획한 적이 있었다.

거리를 지나다니는 미국인 아무나를 잡아 지도를 보여 주
며 나라 이름을 대 보게 하는 것이었는데.

상상을 초월하는 오답 퍼레이드가 펼쳐진다.

다른 나라는 그렇다 치더라도 모국이자 조국인 미국이 어디 있는지도 모르는 사람들이 많았다.

이뿐 아니었다.

모닝 컨설팅이 미국 성인 1천746명을 상대로 조사한 결과에서도 젊은 미국 시민의 11%가 지도에서 미국을 찾지 못했고, 일본은 58%, 프랑스는 65%, 영국은 69%에 달했다고 하였다.

2000년대에도 이럴진대.

더 강력한 보수주의에, 세계의 중심은 미국이라는 미중화 사상을 온몸으로 휘감고 있는 그들이 한국인을 대체 어떻게 받아들일까?

'무섭지.'

2013년 10월 16일 방송엔 이런 일도 있었다.

쇼 진행자인 지미 키멜이 어떤 아이에게 '미국이 중국에 진 빚이 많은데. 이걸 어떻게 해결해야 할까요?' 란 질문을 던졌는데.

아이의 대답이 가관이었다.

- 대포 쏴서 중국인을 몽땅 죽여요.

- '공산당이 싫어요'도 아니고.

미국인이 가진 인식 체계가 이랬다.

물론 자유의 나라니까 자기 가치관에 따라 살 수 있는 권리가 있겠지만.

그건 우리가 관여할 문제가 아니고 더 웃긴 건 똘똘 뭉쳐도 모자랄 최하층 소수민족 동양인들이 자기들끼리 또 계급을 나눈다는 것이었다.

한국은 당연히 최하 중의 최하.

페이트 콘서트라고 잔뜩 기대 품고 왔다가 동양인만 주르 특 나온다면 어떤 일이 벌어질지 도무지 상상이 되지 않았다.

이동하다가 RPG 미사일 맞을지도 모를 일.

bullshit.

"일단은 어렵다고 알려 주세요."

"그래? 정말 안 되겠어?"

"어렵죠. 너무너무너무."

"그렇게 어려운 거였어?"

"미국 놈들은 항상 굶주려 있거든요."

"응?"

"얼마나 배고픈지 보일링크랩을 탁자에 뿌려 놓고 먹어도, 버거킹 열 개, 치킨을 몇 마리씩 튀겨 먹어도 허기가 가시지 않는 애들이에요."

"……?"

"돈과 식량 문제가 아니니까 아무리 먹어도 소용없는 거죠."

"무슨……?"

"독립 선언하고 정부를 수립한 게 1789년이에요. 태어난 지 200년도 안 되는 나라죠. 애들은 역사가 없어요. 당연히 미국이란 나라를 증거할 전통도 없겠죠."

"갑자기 그게 무슨……."

"일단 들어요. 뿌리이자 사상적 근원인 유럽은 이런 미국을 근본도 없는 나라라고 배척해요. 물론 대다수는 이런 일에 열등감을 표출하지 않겠지만, 그런다고 없는 게 있어지는 것도 아니고 원래 곱씹을수록 가슴 켜켜이 쌓이는 게 열등감이라는 놈이거든요."

이게 어떤 감정이냐면,

사촌이 땅 사면 배가 아프고 친구 아들만 보면 괜히 우리 아들이 못나 보이고 1등만 보면 칼을 가는 2등 같은 느낌이랄까.

문제는 결여에 의한 열등감이 상상 이상의 분노를 품게 한다는 것이다.

아무리 전투기가 많고 대양마다 항공 모함을 뿌리면 뭐 할까. 미국이란 땅에서 살아가는 국가 자체가 다민족 짬뽕인데.

그 뿌리를 찾아가다 보면 결국 미국은 없었다.

전무(全無).

이럴진대 그나마 우위를 점하여 자부심 부리던 음악까지 침범당한다면 어떤 일이 벌어질까?

"하나 물어볼게요."

"어, 어, 그래."

"좋아요. 다 좋고요. TV에서 나오는 대로 세계 최강대국답게 미국이란 구성원들의 인격도 또 사회 보장 제도두 최고의 나라라고 치자고요."

"……."

"그런데 말이죠. 어느 날 갑자기 제가 미국에 가는 거예요. 눈 작고 코 작은 동양 꼬마 하나가 앨범 좀 팔았다고 으스대며 투어를 돌아요."

"……?"

"우리 위대한 백인 시민께서 또는 동양인만 보면 못 잡아먹어서 난리인 흑인 시민께서 이런 저를 따뜻하게 보듬어 줄까요? 너 정말 대단하구나. 네 음악 세계는 아주 놀라워. 이제 우리와 함께 살자. 널 우리 구성원으로 받아 줄게. 이렇게 말할까요? 아니면 건방진 칭키 놈이나 잽스 새끼라며 몽둥이찜질을 해 댈까요?"

"……!"

"……!"

"……!!"

"……!!"

"대답 못하시겠죠? 결론적으로 말해 미국은 자유의 나라가 아니에요. 자꾸 오해들 하시는데 자유는 백인들을 위한 백인들에 의한 장치일 뿐이에요. 이런 나라에 제가 가야겠어요?"

청교도 탈레반이라 불러도 과하지 않았다.

민주주의의 수호자인 척 대항해 시대를 기리는 제국주의자들.

이것이 미국에 대한 나의 인식이었다. 세상을 인지하고 꾸준히 지켜본 자들이라면 충분히 내릴 수 있는 지론일 거라 믿고.

어느 세상에나 기득권은 존재하고 손에 쥔 걸 내놓으려는 기득권이 없다는 데 동의한다면 2020년에도 진행 중인 백인과 흑인, 히스패닉의 전쟁터에 태연히 들어가려는 우리 한국 아티스트들에 대한 나의 우려가 충분히 이해될 것이다.

중국은 차이나타운을 중심으로 영역을 확장하고 일본은 자본력으로 잠식하건만 한국인은 슈퍼나 하다가 털리는 것이다.

"……."

"……."

6.25의 구원자이자 기브 미 초콜릿의 나라인 미국을 이렇게나 까 댈지 몰랐던지 지군레코드 사장과 김연은 잠시 입을 열지 못한 채 얼타다가 각자 자기 자리로 돌아갔다.

나도 사뿐히 집으로 돌아갔다.

그리고 저녁이 되어 조용길과 이호진이 왔다. 8집에 대해 의논하기 위해서다.

"시기를 잡아야 할 것 같아서요. 7집이 워낙 호불호가 갈려서."

헤비메탈 중에서도 가볍고 산뜻한 거로 추렸음에도 상당한 논란을 일으켰다.

"호불호가 갈리긴 했는데 나는 좋았어. 한 번쯤 그렇게 깊이 들어가 보고 싶었으니까."

"나도 좋았어. 이제 우리 정도 되면 다양하게 선보이는 것도 어쩌면 의무잖아."

앨범 판매 실적 역시 6집에 비할 데 없이 줄어들었다.

80만 장 정도니까 절반으로 깎인 것.

다만 매니아층은 더 늘었다. 역시 조용길이라는 찬사와 함께.

"그동안 곡 쓴 건 있나요?"

"있지. 안 그래도 낌새가 그래서 들고 왔어."

"나도."

들어 봤더니 딱히 와닿는 곡은 없었다.

그러려니 하며 내가 준비한 곡을 꺼내려다 불현듯 떠오른 생각에 진행을 멈췄다.

1988년도에 나올 조용길 10집은 두 번에 나눠 발매됐다.

두 개 앨범을 합치는 건 어떨까?

"시기를 좀 더 뒤로 미루는 건 어떨까요?"

"어느 정도로?"

"내년 1월에 발매하는 거로요."

"그렇게나 멀리?"

"아무래도 정부에서 요청이 올 것 같아서요."

"정부?"

"올림픽이 열리는 해잖아요. 한국을 대표할 만한 가수를 가만히 두겠어요? 필시 뭐라도 하게끔 하겠죠."

"그럼 대운이 네가 더 유명하……."

"한국에서의 제 인지도는 아저씨에 비할 데가 아니죠. 모르는 사람이 태반이잖아요."

"맞아. 대운이 말도 일리가 있어. 이번에 야당 대회 할 때도 불려 갔잖아. 우린 부르면 가야 하는 사람이라고."

이호진이 거들었다.

"지금 8집을 내고 내년에 또 앨범 내기엔 여러 가지로 무리수가 따라요. 그럴 바엔 미리 준비하고 움직이는 게 어떨까요?"

"으음……."

"대운아. 근데 이 곡들은 어때?"

"나쁘지 않아요. 다만……."

"다만?"

"특색이 없죠. 무엇을 얘기하려는지 명확하지 않아요. 선을 좀 진하게 그어 줬으면 좋겠어요. 예를 들어, 여기까지만 생각해라 정도?"

"그래?"

이호진이 실망한 표정을 지었다.

"그러지 마시고 한번 '서울'을 주제로 곡을 써 보시는 건 어떠세요?"

"서울을 주제로?"

"올림픽은 지나가는 행사니 주제로 어울리지 않고 서울이라면 나중에도 좋을 것 같아서요."

"으음……."

"알았어. 그럼 언제까지 써 오면 되지?"

"한 곡도 좋으니까 11월까진 만들었으면 좋겠어요."

"나머진 네가 다 채우고?"

"조용길 앨범이잖아요. 제가 거들어야죠."

말을 마치기가 무섭게 이호진은 조용길의 눈치를 살폈다.

그리 나쁜 기색은 아닌지라 고개를 끄덕였고 우린 저녁 식
사만 간단히 하고 헤어졌다.

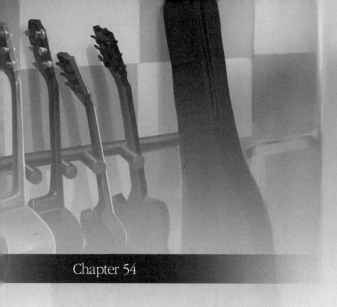

권력을 놓지 않으려는 자와 권력을 빼앗으려는 국민 사이
에서의 줄다리기는 무척이나 험난한 과정을 겪어야 했다.

더욱이 그 권력을 쥔 자가 이미 한 번 피 맛을 본 자이고 두
번 보기에 주저하지 않는다면 이 과정은 너무도 공포스러울
테지만 목숨줄을 내놓은 학생들은 여전히 맨몸으로 국가와
대치했다.

많은 사람이 다치고 더 많은 이들이 잡혀가고 더 많은 사람
이 수배 명단에 올랐다.

보는 이로 하여금 가슴을 납덩이처럼 만드는 사건이 연일
터졌다.

분기가 터진 예술인, 출판인, 재야인사, 야당의 시국 성명이 줄을 이었다.

사태는 점점 흉악으로 접어들고 있었다.

"될까?"

이럴 때 나카소네 야스히로 일본 총리가 로널드 레이건 미국 대통령과의 정상 회담을 위해 미국으로 날아갔다는 소식이 들렸다.

여태 조용히 있다가 똥줄 나게 쫓아간 이유는 뻔했다.

보복 관세를 풀어 달라는 얘기가 아니겠나?

세계를 이끄는 힘들이 이미 대일본 파먹기 프로젝트에 돌입해 차근차근 그 계획을 실현시키고 있는 판에 레이건인들 용빼는 재주가 없었고 요청은 당연히 묵살됐다.

일본은 지금이라도 사실 관계를 명확히 국민에게 밝혀 최악의 날을 대비해야 했으나 공작하고 왜곡하고 감추는 데 익숙한…… 자기네 국민을 어디 품팔이 노동력 정도로만 인식하는 정치권이 석고대죄할 리 무방했으니 역사는 이래서 무서운 모양이다.

결국 이런 자세가, 이런 자세를 나 몰라라 한 일본 국민은 처절한 대가를 치러야 했다. 우리가 대가리 깨지고 피 흘릴 때 저들은 흥청망청 놀았으니.

"이거 봐라. 우리 삼촌이 일본에서 사 온 샤프펜이다. 죽이지?"

반 친구 하나가 딸깍딸깍 누를 때마다 삐져나오는 심을 가리키며 자랑하였다.

그러자 다른 아이 하나가 질 수 없다는 듯 가방에서 워크맨을 꺼냈다.

"이거 소니 꺼야. 너 이런 거 있어?"

"우와~ 워크맨이다."

몇몇 아이가 몰려들자 어떤 놈은 일제 가방을 꺼내고 어떤 놈은 자기 신발이 일본산이라고 자랑해 댔다.

집에 가면 소니 TV가, 코끼리밥솥이 있고 다리미도 라디오도 카세트 플레이어도 전부 일본제였다.

한국산은 잔고장이 많아서 쓸 수 없다고. 그나마 럭키금상 냉장고가 튼튼해서 비빌 뿐. 제대로 된 전자 제품은 일제가 최고라는 인식이 널리 퍼져 있었다.

어쩌다 초밥을 먹고 오는 날이면 무슨 대단한 대접을 받은 듯 행세를 했고 일본 장인이 만들었다고 하면 무조건 엄지를 추켜올렸다.

아직까지 도시락을 '벤또'라고 부르는 사람이 많았고 양파를 '다마네기' 손톱깎이를 '스미끼리' 이쑤시개를 '요지'…… 일상생활에도 일본어 사용은 여전했다.

"씨벌, 별거 아닌데."

유럽의 기술을 미국이 카피했듯 미국의 기술을 일본이 카피한 것뿐이다. 한국도 마찬가지. 다만 일본은 한국에 핵심 기술을 전수해 주지 않고 경제적 종속을 시키려 했다는 차이뿐.

짜증 났다.

2020년을 겪은 코스모폴리탄으로서도 눈살이 아니 찌푸려 지지 않을 수가 없을 만큼 기분이 더러웠다.

물론 나대는 어리석음은 범하지 않았다. 조용히 구경만 했다.

너희들이 자랑하는 그 제품들을 나중에 한국이 다 세계 1 등 먹는다고 얘기해 줘 봤자 귀 기울여 줄 지성도 없었고 선 생조차 백조와 고니를 헷갈리는 판에 더 무슨 말을 할까.

"선생님, 백조는 일본에서 온 단어고요. 우리 식으로는 고 니가 맞아요."

"아니야. 고니가 일본어야. 백조가 우리말이고. 똑바로 알 아야지?"

"전 분명 틀렸다고 알려 드렸습니다."

"어허, 선생님이 맞다니까."

"선생님, 한 번쯤 진위 여부를 살펴보시는 걸 추천해 드리 겠습니다."

"……."

결국 우리 담임은 다음 날 와서 자기 입으로 정정하며 미안 하다 사과했다.

다행히 이 정도로는 앙심을 품지 않았는데.

품은들 틈날 때마다 교장이 싸고도는 학생을 일개 담임이 무슨 수로 건드릴까.

나는 어떤 시험이든 보란 듯이 100점을 맞아 줬고 체육도 또한 월등한 신체 능력으로 반 친구들을 압살했다.

학교에선 어느새 장대운이라는 이름이 장대운이라는 캐릭터로 읽혀지기 시작했다.

쟤는 건드려선 안 돼. 그냥 놔둬. 놔두면 아무런 문제없어. 라는 공감대가 형성됐고 뒷담화나 시기 질투 같은 것들도 많이 줄어들었다. 쟤는 그런 놈이니까.

뭐 어쨌든. 학교는 이렇게 정리됐다.

나는 학교 말고도 바쁜 일이 많았다.

페이트 6집 가수 섭외가 어떻게 되고 있는지 알아볼 겸 2층으로 내려가다가 김연이 누굴 만나고 있는 걸 봤다. 옆에는 김종신과 전태간이 함께 서 있었다.

"어, 총괄님."

김연이 날 발견했고 김종신과 전태간이 깜짝 놀라 허리를 굽혔다.

""안녕하세요. 총괄님.""

다들 인사하니까 자기도 모르게 허리를 굽히는 남자를 봤다.

이젠 놀랍지도 않다.

윤산이었다. 1990년 '이별의 그늘'로 데뷔한 대한민국 천재 뮤지션 중 하나.

"무슨 일이세요?"

"이 친구가 베이스를 좀 다룬답니다. 봄여름가을겨운의 객원 세션으로 쓸까 하여 데려왔다는데 저도 지금 처음 봅니다."

"그래요? 근데 우리 회사 아세요?"

윤산에게 물었다.

"아, 압니다."

잔뜩 쫄아 있었다.

원역사에서도 쫄아서 도망간 경력이 있다는데.

"제가 누군지 아세요?"

"페이트라고 들었습니다."

"제 음악을 아세요?"

"팬, 팬입니다. 1집부터 다 구해 들었습니다."

"혹시 곡 써 놓은 거 있으세요?"

"예?!"

"왠지 작곡할 관상이라서. 없어요?"

"이, 있습니다."

"들려주실 수 있으세요?"

"지금……요?"

"예."

그때 김종신이 윤산의 어깨를 툭 쳤다.

"뭐 해. 총괄님이 네 음악을 듣고 싶으시다잖아."

"아…… 예."

동공이 사정없이 흔들리며 정신을 못 차렸다.

피아노를 가리켜 주니 그제야 후다닥 들어가서 앉긴 했는데.

심호흡에만 5분.

그러나 시작한 연주는 진짜였다.

금세 흠뻑 빠져든 그를 보고 김연에게 말했다.

"영섭이 형이랑 붙여 주세요. 성향이 그쪽이네요."

"유영섭이랑요?"

"적응하는 데 시간이 걸릴 것 같아요. 섬세하게 다가가야 할 사람이에요. 큰 재목이란 느낌이 와요. 놓치고 싶지 않네요."

"그렇습니까?"

"예."

"그럼 제가 직접 케어하겠습니다. 그런 후 영섭이에게 넘기죠."

"잡으세요. 어차피 이 바닥에 있을 사람이에요."

"알겠습니다."

이거로 윤산은 마무리.

이제 본론이다.

"저번에 부탁한 건 어떻게 됐나요?"

"아! 며칠만 기다리시면 완료될 것 같습니다. 일정을 조율 중이라."

"아니요. 이태오 씨 말이에요."

"아, 그 트로트 가수요?"

'미스 고'를 부른 가수.

"그 사람이랑 작업 한번 해 보고 싶은데 어떠세요?"

"이젠 트로트까지 가시려고요?"

"못 갈 거 없죠. 나훈하 아저씨도 우리 식구인데."

"알겠습니다. 안 그래도 활동을 마치고 할 일이 없어 보이던데 데려오겠습니다."

"그럼 며칠 뒤에 보죠."

"예."

나는 올라갔고 연주를 마치고 두리번 날 찾는 윤산의 어깨에 김연이 손을 올렸다. 씨익.

"오늘 너랑 나랑 할 얘기가 좀 많겠다. 시간 있지?"

"어때? 괜찮은 제안 아니냐?"

"그렇긴 하네요."

"어째 시큰둥하다?"

"안 시큰둥해요. 저도 좋게 생각해요."

아침부터 달려온 지군레코드 사장이었다.

오늘 할 게 참! 많은데.

소니에서 큰 건이 왔다고 설레발이다.

"내 보기엔 이런 영광이 없다. 할리우드 영화에서 네 곡을 OST로 쓰겠다니. 이보다 더 기쁜 일이 어딨어? 어서 한다고 하자. 대운아, 응? 응?"

영화 라밤바 얘기였다.

영화 더티 댄싱 얘기였다.

두 영화에서 컨택이 왔다는 것.

온갖 미사여구로 포장돼 있지만, 기어코 내 곡을 써야겠다는 것. 그래서 더 잘 이해가 안 갔다.

라밤바 같은 경우는 벌써 작년에 연락이 왔어야 옳았다. 영화 제작이 하루 이틀 만에 끝나는 작업이 아니라면, 게다가 리치 발렌스의 일대기를 그린 영화라면 내 라밤바는 절대 빼놓을 수 없는 곡일 테니까.

'여태 뭐 하다가 이제야 연락을 넣었을까? 대체 불가능일 텐데.'

나는 83년도에 이미 리치 발렌스의 로큰롤 버전을 샀다. Donna도 덤으로 얻었고. 그러니까 리치 발렌스의 버전 없이 영화 제작이 가능할까?

은근 연락을 기다렸는데 이것들이 이제야 연락해 왔다.

생각이 여기까지 미쳤다. 자기네 멋대로 쓰려다 탑건 꼴을 보고 아차! 한 게 아닐까 하고.

더티 댄싱도 마찬가지였다.

댄스 영화의 특성상 OST는 제작과 동시에 세팅돼 있어야 맞았다. 이도 다 찍고 개봉일만 기다리다 탑건 사태로 페이트 1집에 수록된 The time of my life를 발견한 게 아닐까.

고로 이 일은 협의 대상이 아니었다.

내가 절대 갑.

영화가 엎어지냐 마냐가 오직 나의 결정에 달렸다.

'어떻게 할까?'

죽여? 말어?

지군레코드 사장은 안달복달 어쩔 줄 몰라 하지만 나는 딱히 같이 춤추고 싶지 않았다.

"사장님."

"응."

"이 일은요. 우리가 무조건 이기는 게임이에요."

"으응? 그게 무슨 소리야?"

일의 선후 관계를 설명해 줬다.

아마도 이런 것이 아니겠냐고? 탑건이 겪은 일을 예로 들며.

"뭐야?! 그런 거였어?!"

"그래요. 탑건이야 인지 못 했다고 친다지만 이들은 제 곡을 인지했어요. 우리가 허락 안 한다면 절대 개봉 못 해요. 시간을 끌수록 골 아파지는 건 우리가 아니죠."

"그럼 앞으로 어떻게 되는 거야?"

"그건 우리 결정에 달렸겠죠."

"안 주면?"

"영화가 엎어지겠죠. 특히 라밤바는 세상에 나올 수가 없어요. 더티 댄싱은 대폭 수정해야 하고."

"오오~ 이거 끝내주는데."

눈을 빛낸다.

이 양반도 은근 심술이 많다.

"묵살하고 기다려 보세요. 아프리카든 아마존이든 어디든 쫓아올 거예요. 사장님 만나러."

"근데 대운아, 굳이 그렇게까지 해야겠어?"

"잘해 주자고요?"

"아니, 뭐. 괜히 싸울 필요가 있나 싶어서. 적당히 주고 적당히 받아 오면 될 일 아닌가?"

"그건 아니고요. 앞으로도 또 이런 일이 벌어질지 모르는데 너무 쉬운 모습은 보이기 싫어서요."

"그렇긴 하지. 너무 잘 대해 주면 이것들이 권리인 줄 안다니까. 호구 잡혀선 안 되지. 암 그렇고 말고. 알았어. 내가 적당히 둘러대다가 너무 힘들어하면 다시 찾아와서 물어볼게."

"아니요. 찾아오실 필요 없어요. 이 일은 사장님께 드리는 선물이니까요."

"응?"

"할리우드를 상대로 마음껏 즐기시다가 마지못해 허락해 주세요. 사장님이 아니었으면 일이 성사되지 못할 뻔한 것처럼요."

"……그래? 그래도 돼?"

"그럼요. 이 정도는 해 줘야 사장님을 무시 못 하죠."

안 그래도 소니 뮤직이 나를 찾고 있다고 했다.

굳이 지군레코드를 거칠 필요 있냐고. 다이렉트로 하자고.

이 말을 지군레코드 사장에게 직접 들었다. 지금껏 나 때문에 많이 벌었고 내가 원한다면 알아서 빠져 주겠다고.

그도 나쁜 방법은 아니나 나로선 귀찮은 게 한두 가지가 아니다. 지군레코드 사장이 솔직하게 나오는 것도 마음에 들고.

아직 미성년자라 방패가 필요했고 그가 나 대신 해 주는 일이 상당히 컸다.

거절.

"알았다. 하하하하하, 거참 재밌겠네. 너랑 있으니까 헐리웃을 상대로 큰소리도 쳐 보고. 알았다. 그렇게 알고 돌아갈게."

"혹시 앞으로 또 그런 제안이 들어와도 똑같이 하셔도 돼요. 결과만 알려 주시고요."

"정말?"

"그럼요. 사장님이신데요. 우린 혈맹이잖아요."

"하하하하하하, 알았다. 알았어. 너밖에 없다. 대신 일이 성사되면 다 말해 줄게. 알았지?"

"예."

지군레코드 사장이 개운한 표정으로 돌아가자 김연이 얼른 들어왔다.

뒤에는 마른 체형의 남자가 서 있었는데 불러오라던 이태오였다. '미스 고'를 부른 가수.

86년에 발표한 1집 '돌 같은 사나이'가 폭망하고 올해 2집 '혈육의 정'을 밀고 있으나 이도 역시 신통치 않은 상태라. 참고로 '미스 고'는 내년에 나온다.

이미 오면서 김연에게 다 들은 표정인지 길게 끌 것 없이 단도직입적으로 들어갔다.

"지금 제가 무척 바쁜 상태예요. 돌아가지 않을게요. 오필 승의 식구가 되실 거예요?"

"하겠습니다. 받아만 주신다면 정말 열심히 하겠습니다."

바로 허리를 굽힌다.

최근 3년 사이 오필승의 위상이 이 정도가 됐다.

이태오는 송대간 역할을 위해 데려온 사람이었다. 송대간 이 부를 곡을 죄다 줄 생각.

"계약하세요."

"예."

도종민이 들어와 번갯불에 콩 굽듯 안내하고 이태오를 데 려갔고 김연은 다음 보고를 시작했다.

"신대선이라는 분이 썼고 1971년 나상구 씨가 이미 불렀더 군요."

'혼자랍니다' 얘기였다.

"얘기는 다 됐나요?"

"흔쾌히 허락받았습니다. 소정의 사용료도 지급했고요. 계 약서도 완료했습니다."

"그럼 끝났네요. 바로 앨범 진행하죠."

"예."

연말에 나올 이태오 3집엔 '혼자랍니다'와 '정 때문에' '우리

순이'가 '미스 고'와 함께 들어갈 것이다.

이로 끝.

다음으로 나는 정은희에게 전화 걸어 김정주를 불러 달라 했다.

카프카에 있다가 서둘러 올라온 그에게 '고향 여자'란 곡을 들려줬다.

"임종순 작곡가의 곡인데요. 원래 나훈하 아저씨를 위해 쓴 곡이래요. '옥선이'라고 개사해서 아저씨를 주고 싶어요."

"예?!"

"앨범 내자고요."

"저기…… 트로트 곡 아닙니까?"

"세미 트로트죠. 아저씨의 음색과 잘 어울려요."

"……."

꺼리는 기색이 역력하다.

그래도 밴드 출신인데 트로트는 좀 아니다 싶은 모양.

하지만 추구하는 바와 재능은 별개의 영역이었다.

"저 믿고 한번 가 보세요. 아저씨 음색이 워낙에 블루지하 잖아요. 이 곡과 찰떡이라 강력하게 추천하는 거예요."

"으음……."

덧붙였다.

"일단은 김정주란 이름이 높이 떠야 하지 않겠어요? 하고 싶은 음악은 천천히 해도 되잖아요. 어때요?"

거듭된 푸쉬에 김정주는 고개를 끄덕였다.

"……알겠습니다. 열심히 해 보겠습니다."

"아저씨, 저 믿죠?"

"예, 믿습니다."

"앞만 보고 달리세요. 그럼 아저씨 인생은 제가 책임집니다."

"알겠습니다. 진짜 열심히 하겠습니다."

마지막 말이 주효했는지 급격히 환해진 김정주가 기쁜 마음으로 밖으로 나가고 다음은 수와 준이 불려 왔다.

두 사람을 위한 곡 '파초'가 완성됐다. '파초'는 유영서라는 작곡가의 곡이었는데 다른 레코드사 소속이라 찾느라 애먹었다.

수와 준도 나름대로 바빴는데 심장병 어린이 돕기 공연하느라 빽빽한 일정에서 오늘 겨우 시간을 맞췄다.

그들 앞에서 들려줬다. 가이드까지 된 녹음본을.

"어때요?"

"좋아요!"

"이 곡을 정말 저희에게 주시는 겁니까?"

아주 마음에 드는 모양.

"십대가수 정도는 한 번 올라가야죠. 그래도 수와 준인데."

"아아…… 십대가수."

"감사합니다. 감사합니다."

"앨범은 가을에나 나갈 거예요. 그때까지 앨범을 마스터해 수세요."

""알겠습니다. 완벽하게 해내겠습니다.""

바쁘다. 바빠.

다음은 하광운 차례였다.

벽시계를 보니 오후 네 시.

"아직 도착 안 했나요?"

"잠시만요. 제가 확인해 보……."

똑똑똑

정은희가 하광운의 도착을 알렸다.

하광운은 '수요일에는 빨간 장미를'로 유명한 밴드에서 베이스를 맡았던 사람인데 작곡에도 출중하여 여러 기획사에 문을 두드리던 중 운 좋게 김연에게 픽업됐다. 본래 역사에서도 변진석을 만나며 출세하게 되는데 이영운 - 이문셈 콤비도 부럽지 않을 성공을 누린다.

마침 우리에게 변진석도 있었다. 연습실에 있는 그를 불러 올렸다.

빡빡머리에 군복을 입은 하광운에게 물었다. 이때 하광운은 군 복무 중이었고 휴가에 맞춰 약속을 잡았다.

"어떻게 결심은 서셨습니까?"

"계약하겠습니다. 전속 작곡가로. 앞으로 잘 부탁드립니다."

"잘됐네요."

도종민이 또 들어와 관련된 계약을 끝내 버렸고 나는 곧장 변진석을 그에게 소개했다.

"저희가 미는 신인 가수입니다. 복귀까지 며칠밖에 시간이 없으시겠지만, 내년 초에 앨범이 발매될 거라 보시고 다듬어 주세요. 이번 앨범이 잘 되면 다음 앨범은 전권을 드릴게요."

"전권을요?"

놀란다.

"일절 터치하지 않습니다. 이영운 작곡가님이 그러했듯 하광운 작곡가님도 작품 하나 만들어 보세요."

"제……가요? 총괄님은 절 그렇게 믿으십니까?"

"아니요. 제 눈을 믿는 거죠. 자신 없으세요?"

"아닙니다. 가수의 노래를 들어 봐야 알겠지만 믿어 주시는 만큼 절대 실망시켜 드리지 않겠습니다. 근데 지금 가진 곡이라 봤자 다섯 곡밖에 없는데. 이거로 되겠습니까?"

"나머지 곡은 우리가 채우면 됩니다. 그리고 우리 가수의 실력만큼은 실망 안 하실 거예요. 표현력이 좋거든요."

"표현력이라. 아주 중요한 요소죠. 알겠습니다. 반드시 뼈대를 잡아 놓고 복귀하겠습니다."

주먹을 꽉 쥐고 결심하는 하광운을 두고 변진석을 바라봤다.

"같이 들었으니 길게 얘기 안 할게요. 난 형을 제2의 이문 셈으로 밀어 볼 생각이에요. 형도 오랜 무명으로 내공을 닦아 온 만큼 슬슬 날개를 달 때가 됐잖아요. 하실 수 있죠?"

"총괄님……."

"하광운 작곡가님은 발라드에 특화되신 분이세요. 형 목소리

243

도 발라드에 특화됐고요. 모자란 곡도 발라드에 특화된 분 것을 가져올 거예요. 이 정도로 해 줬는데도 못 한다면 실망이고요."

"아닙니다. 반드시 해내겠습니다."

"가볍게 다가가세요. 원래 하던 만큼만 하시면 한국 가요계에 큰 업적을 남길 거예요. 대한민국 발라드 계보. 이문셈, 최성순을 잇는 차세대 발라더로서."

"차세대 발라더……."

"음악사에 이름을 올리는 거죠."

"음악사……까지요?"

벅찬지 몸을 부르르 떠는 변진석이었다.

그의 어깨를 찰싹 쳤다.

"가세요. 작곡가님이 계시는 동안 최대한 빨아들이세요. 뭣하면 면회 가서라도 묻고. 아! 미리 사인도 만들어 두고요. 나는 형을 믿는데 형은 나를 믿어요?"

"믿습니다!"

"그럼 끝이네. 어서 가서 스타가 되세요."

"감사합니다. 감사합니다."

이제 남은 건 '새들처럼'을 쓴 지근석이었다.

그 사람만 잡아 오면 세팅 끝.

"실장님, 신촌으로 가 주세요. 작곡가 하나를 잡으러 가야겠어요."

◇　◆　◇

　조용길은 내년으로 미뤘고 급한 이태오와 김정주, 수와 준, 변진석은 끝마쳤다.

　시나윈은 내가 준 곡들로 2집을 발매, 1집보다 더한 호평을 들으며 승승장구, 1집에 참여했다가 쫓겨났던 '겨울비'의 김종선이 괄목상대한 실력으로 돌아와 고음을 뿌려 대며 존재감을 과시해 줬고 최전성기를 구가하는 중이었다.

　최성순은 작년 '남남'으로 1등 찍고 '애수'로 가요톱열 상위권을 유지 중이었다. 그럼에도 올해 5월에 2집 '동행'을 발표할 계획을 세우고 있었다.

　보통 앨범 활동이 마감되면 휴식과 다음 음반 작업을 위해 몇 개월 정도 숨 고르는 기간을 가지나 최성순은 본인의 의지가 워낙 강력했고 회사에서도 1집과 분위기가 비슷한 2집이라 연달아 진행시키는 게 낫다는 판단에 통과시켰다. 요즘 최성순이 많이 웃고 다닌다고 한다.

　연 집계 150만 장이라는 대박 신화를 이룬 이문셈은 잠시 활동을 멈추고 휴식 겸 4집 작업에 들어갔다. 이영운과 트러블 하나 없이 매끈하게 작업 중이라는 보고를 받았다. 이문셈은 피곤할 텐데도 '별이 쏟아지는 밤에'는 빼놓지 않는 성실함을 보이며 나의 우려를 불식시키고 있었다.

　알아서 긴다는 건지.

장혜린은 이세근과 작업하던 중 김지한이라는 작곡가에게 '추억의 발라드'를 받고는 입이 찢어진 상태였다. 너무 좋다고 매일 부르고 다닌다.

다들 근황이 괜찮은 편인데.

나만 계속 머리가 아팠다.

"……."

페이트 6집 : nominate.

제목부터가 벌써 노미네이트다.

본래 밥 딜런의 최신곡을 집어넣을 생각으로 컨셉을 잡았는데…… 혹시나 나에게도 노벨 문학상을 줄까 해서.

하지만 5집의 성공을 본 후 마음이 바뀌었다.

선점이라도 최대한 유행에 가깝게 가자.

그래서 뽑아 온 곡이 이랬다.

첫 번째로

Mr. Big의 To Be With You.

1991년에 발매된 Mr. Big의 2집 Lean into it의 수록곡으로 1집의 실패를 완전히 딛고 최고의 록 그룹으로 성장하게 해 준 곡이라.

록 음악 주제에 왠지 모르게 리듬 타게 하는 마성의 곡이었다.

구성도 또한 아주 찰졌다. 어쿠스틱 기타 연주도 부족해 아카펠라식으로 노래를 부르고 가사도 또한 평범치 않았다.

맞다. 이 가사 때문에 논란이 인 적도 있었다. 노래 중 뜬금없이 greens and blues라는 숙어가 나오는데 이게 없는 관용어라.

이 정체 모를 표현 때문에 해외 팬들 사이에서 해석에 꽤 많은 오류가 생겼는데 알고 봤더니 보컬인 에릭 마틴의 개인적 경험을 써 댄 것이었다.

은어(隱語).

나는 이걸 문맥에 맞게 질투와 우울로 적어 내놨다.

조용길과 위대한 탄생에게 맡겼다. 메인 보컬을 조용길로 위대한 탄생을 서브 보컬로 하여 Mr. Big의 분위기를 재현해 냈다.

두 번째는

Ace of Base의 The Sign이었다.

1993년 스웨덴 출신 혼성 4인조 그룹이 내놓은 싱글.

흥겨운 리듬과 귀에 쏙쏙 박히는 멜로디, 이지 팝 특유의 단순한 리듬으로 북미 음악 시장을 무장해제시키고 큰 인기를 얻은 곡이었다.

항간에는 ABBA 이후 최고의 인기를 끌었다 평가받긴 했는데 개인적 판단으로는 ABBA와 비교하기에는 조금…….

Ace of Base는 베르그렌 3남매가 캐리하는 그룹인데 2000년대엔 자매가 모두 나가고 젊은 여성으로 교체, 원년 멤버인 요나스 베르그렌, 울프 에크베르그만 제자리를 지키다

가수 섭외는 어렵지 않았다.

혼성 4인조긴 하나 남자 둘은 거의 지분이 없고 여자 둘도 화음보다는 같이 지르는 게 끝인 그룹이라 앙칼진 민애경이 혼자 다 해 먹었다.

세 번째로 Savage Garden의 Truely, Madly, Deeply였다.

방탄소년들의 곡 Savage Love를 듣다 보면 왠지 모르게 급발진처럼 땡기던 곡이었는데 이번에 선택한 것도 그 경험이 주효했다.

Truely, Madly, Deeply는 호주 출신 그룹 Savage Garden이 1997년 세 번째로 발표한 싱글로 바람결에 살살 흩날리듯 부드럽고 감미로운 보컬이 특징인데 사랑 노래이니만큼 가사 또한 시처럼 아름다웠다. 아쉽게도 몇 년 못 가 해체하긴 하지만.

나는 이 곡을 지금은 박태오로 활동 중인…… 나중에 박준아란 이름으로 '너를 처음 만난 그때'를 부른 가수에게 맡겼다.

'그 아픔까지 사랑한 거야'를 부른 조정헌과 경합을 벌였는데 최종 낙점은 박준아였다.

네 번째는

Bryan Adams의 (Everything I Do) I Do It For You였다.

1991년 발표된 앨범 Waking Up The Neighbours의 수록곡으로 19개국 이상의 음원 차트에서 1위를 한 곡.

동년 개봉한 영화 로빈 후드 OST에도 쓰였는데 워낙에 명

곡이라 초장부터 브라이언 아담스의 허스키하면서도 절절한 보이스를 누가 과연 표현해 낼 수 있을까가 쟁점 사항이었다.

결론은 '한국엔 없다'였고.

나는 또 한 번 치트키에 손댈 수밖에 없었다.

마이클 볼트를 불렀다.

다섯 번째는

Jewel의 You Were Meant For Me였다.

한국에는 잘 알려지지 않은 곡으로 보통 Jewel하면 Foolish Game을 떠올리는 분이 많겠으나 개인적 취향은 이 곡이 더 끌렸다. 이 역시도 흔한 사랑·이별 노래건만 가만히 이 알래스카 출신 아가씨의 노래를 듣다 보면 그녀만의 독특한 서정성을 느낄 수 있어 좋다.

솔직하면서도 진지하고 청아한 보이스의 곡을 대체 누구에게 맡겨야 옳을까 고민하던 차에 아주 우연한 기회로 가수를 찾게 됐다. 내 인재풀에도 전혀 고려치 않던 인물로.

심수봉이었다. '그때 그 사람'을 부른.

이유는 나도 모르겠다. 심수봉과 Jewel이라니 다시 생각해도 이상한 조합인데.

얼씨구나 오케이 사인이 떨어졌고.

뭐 적당히 덜어낼 건 덜어내고 더할 건 더했더니 더 좋아졌다. Good!

여섯 번째는

Toni Braxton의 Unbreak My Heart였다.

1996년 발매된 2집 앨범 Secrets의 수록곡으로 90년대 후반 R&B의 전성시대를 열었다 평가받는 명곡이라.

Mariah Carey, Celine Dion, Whitney Houston과 함께 90년대를 대표하는 여성 보컬로 유명한 Toni Braxton는 고음부터 싸지르는 다른 세 명과는 달리 중저음 보이시한 매력으로 자신을 어필했고 제대로 통했다.

다시금 말하지만, 이 곡을 두고서도 가수 섭외가 무척 힘들었다. 한국 대중 여가수 중에는 R&B를 부르는 사람이 없었고 R&B의 느낌을 낼 만한 가수도 없었다. 그렇다고 또 재즈 가수에게 부탁하긴 싫었고 혹시나 인순희에게 들이밀려가도 매치가 잘 안 돼 포기했다. Brandy & Monica의 The Boy Is Mine이란 명곡을 뽑아 놓고 쓰지 못하는 이유가 바로 여기에 있었으니.

인재풀의 빈약함.

이때 눈에 띈 사람이 유연신이었다. 일반인에겐 에로 배우로 더 유명하였으나 그녀는 원래 가수 출신이었다.

우리 작곡가 이세근과 함께 한창 '눈물의 멜로디' 작업을 하던 중 우연히 목소리를 듣고 따로 만났다.

하지만 그녀에겐 심각한 문제가 하나 있었다.

MBC에서 시사 토론 프로그램을 진행하던 변호사와 사적 관계로 얽혀 있었던 것.

1989년에 스캔들이 터지며 가수 생활을 접고 에로 배우가 됐고 대한민국 최초로 누드 화보집까지 내게 된다.

으음, 거기까진 안 돼.

가수 하세요.

일곱 번째는 Green Day의 Basket Case였다.

1994년 발매된 앨범 Dookie의 수록곡으로 Basket Case는 90년대 정통 록 음악 매니아들에게 멸시받던 팝 펑크를 양지로 끌어올린 곡이라 평가 받는 곡이었다.

이 곡 이후로 Simple Plan 같은 2000년대를 대표하는 팝 밴드들이 우후죽순으로 생겨났다고들 하는데.

한국에서는 '아스피린'을 부른 EVE가 이쪽 계열이었다.

뽑자마자 눈에 딱! 가수가 들어왔다.

'못다 핀 꽃 한 송이'를 부른 작은 거인 김수철.

무거움을 걸러낸 김수철이라면 빌리 조 암스트롱의 Basket Case도 문제없겠지.

여덟 번째로 Santana(feat. Rob Thomas)의 Smooth를 넣었다.

1999년 세기말, Santana가 노익장을 과시하며 낸 앨범 Supernatural 수록곡으로 말이 필요 없는 명곡이었다.

내가 이 곡을 뽑은 다른 이유가 없었다.

기타리스트인 Santana가 곡과 프로듀싱을 맡고 노래는 다른 사람이 불렀다는 점에서 나의 페이트와 비슷한 향기를 맡았기 때문이다.

데뷔 시절 Santana의 모습은 내 기억엔 없었다. Santana를 알게 된 건 순전히 Smooth 덕분.

나는 이 곡을 요즘 따라 자꾸 목소리가 걸걸해지는 김현신에게 줬다. '비처럼 음악처럼' 이후 신촌에 틀어박혀 신촌블루랑 음악 하느라 정신없는 그의 뒷덜미를 잡아 끌어냈다.

아홉 번째는 Shania Twain의 You're Still The One이었다.

1997년에 발표한 앨범 Come On Over의 수록곡으로 이 곡이 재밌는 점은 컨트리적인 요소를 배제한 팝 곡임에도 Shania Twain이 불렀다는 이유 하나로 그래미 컨트리 부문에서 2개나 상을 받았다는 것이다.

물론 곡 자체는 나무랄 데가 없었다.

한국 정서와도 잘 맞아 라디오에서 자주 선곡해 주는 곡으로 아주 오랫동안 사랑받는다.

나는 이 곡을 요새 '슬픈 인연'으로 팝 발라드의 맛을 제대로 본 나민에게 주었다.

Shania Twain은 서로 다르지만, 표현력만큼은 절대 밀리지 않았으니.

대망의 열 번째로 New Kids On The Block의 Step By Step을 넣었다.

아메리칸 아이돌의 조상 격으로 1986년 데뷔, 1990년 동명의 싱글로 아메리칸 어워드를 휩쓸 곡.

Step By Step은 당시 국내에서도 거의 국민 팝송 격으로 추앙받던 곡이었다. 내한할 때는 소리 지르다 여럿 실려 갔고 사망사고도 일어났다.

넣을 수밖에 없었다. 그 꼴을 보지 않기 위해서라도.

New Kids On The Block이 쇼킹, 센세이셔널했던 이유는 이때 주류를 이루었던 댄스 가수들…… 즉 마이클 잭슨이나 듀란듀란, 아하, 에어 서플라이 등이 한 명이나 두 명 정도로 활동한 것에 비해 다섯이서 군무를 춰서였는데.

군무란 게 원래 이런 성질이 있었다.

사람을 들끓게 하는 마력.

나는 이 곡을 라라랜드의 Another Day of Sun를 부른 남경준과 친구들에게 맡겼다.

다섯 명이 불러야 한다고 일러 줬더니 알아서 앙상블을 조직해 왔고 군무를 춰야 한다 했더니 댄스도 맞춰 왔다. New Kids On The Block보다 훨씬 더 매력적이게.

가수 섭외와 가녹음도 어렵지 않았다.

조용길과 위대한 탄생은 원래 하던 대로 하였고 민애경은 혼자서도 여자 둘 몫을 충분히 소화해 냈다. 박준아는 가뜩이나 미성인 보이스에 가성 창법을 입혔더니 훨씬 풍부해졌고 마이클 볼트는 더 말해서 뭐하고 김수천은 김수천스러웠고 Smooth의 김현신은 찰떡같이 들러붙었다. 나민도 뭐.

심수붕과 유연신만 트레이닝이 필요했다.

"심수붕 선배님은 목소리에만 집중하세요. 기교, 창법, feel 다 빼고 동요 부르듯 그렇게만 일단 완곡해 볼게요. 잊지 마세요. 지금 선배님은 삼십 대가 아니에요. 이십 대 초반에 느꼈던 경험들을 곡에 실을 거예요. 그래요. 목소리에만 집중하시고 다른 건 다 걷어 내세요. 이 곡은 한국이 아닌 미국 시장으로 갈 거니까요."

최선을 다하는 그녀를 두고 유연신에게는 들릴 듯 말 듯 조심히 물었다.

"연실이 누나는 그거 다 해결된 거죠?"

"아, 예."

"연예인은 사생활이 깨끗해야 해요. 이런 일에 다소 자유로운 미국이라도 좋지 않은 걸 굳이 가져갈 필요는 없잖아요."

"……네, 맞습니다."

"연습은 많이 해 왔어요?"

"예."

심수붕이 나오자마자 유연신을 녹음부스에 들여보냈다.

음악이 시작되고.

첫 음부터 꺼내는데.

와우,

토니 브랙스턴과 비슷하지만, 전혀 다른 곡이 흘러나왔다. 훨씬 더 짙고 훨씬 더 사연이 많은 목소리.

확실히 유연신의 감정, 가창력은 어디에 내놔도 부족함이 없었다. 동양인치고 강렬한 섹시미도 그렇고.

"어려워하지 마세요. 끝 음으로 분위기를 타는 거예요. R&B란 장르가 생소하겠지만, 별거 아니에요. 누나도 이미 아는 거예요. 리듬을 타며 블루지하게 부르면 그게 R&B예요. 그래요. 그렇게, 그런 식으로 미국 애들을 씹어 먹어 보자고요. 누나가 다 이겨요."

이렇게 유연신을 차근차근 잡아가고 있는데.

밖에서 연습하던 남경준이 슬며시 다가왔다.

"저기…… 그게……요."

"말해요."

"우리끼리 농담 삼아 떠들다 나온 얘기인데 될까 해서요."

"뭐가요?"

"Step By Step을 뮤지컬로 만들면 어떨……까요?"

"뮤지컬이요?"

"예, 형에게 극본을 써 달라고 하고 구성을 맞추면 좋은 작품이 나올 것 같아서요. '그리스'보다 더 뛰어난 작품이요."

요것 봐라.

전혀 생각하지 못한 곳에서 한 방 먹었다.

혹시나 더 던져 봤다.

"그럼 This Is Me랑 Another Day of Sun도 보고 있겠네요."

"아아…… 실은 그렇습니다."

"해 봐요."

"예?!"

"김연 실장님에게 말해 둘 테니까 만들어 보세요. 우리 뮤지컬에 꼭 브로드웨이의 작품들로만 꾸릴 필요는 없잖아요."

"정말입니까?"

"잘 섞어 놓으면 좋은 그림이 나올 것 같은데. 저도 좋네요. 지원해 줄게요."

"감사합니다. 감사합니다."

기대되었다.

뮤지컬에 일생을 바칠 젊은 피가 만들어 낼 Step By Step이.

"자, 다 됐으니 일주일 후에 지군레코드로 모입니다. 다들 전력을 다해 주세요. 운이 좋으면 세계 최고의 무대에 설 수도 있어요. 모두 파이팅입니다!"

페이트 앨범을 낼 때마다 가수 수급 때문에 곤욕을 치르지만 어쨌든 이번 6집도 무사히 치르게 되었다.

다들 주먹을 꼭 쥐며 돌아가는데.

그 모습을 보다 문득 이런 생각이 들었다.

'이제 7집은 어떻게 하지?'

벌써부터 걱정이었다.

7집은 컨셉도 아직 나오지 않은 상태.

무엇을 선택하냐에 따라 내용이 상당히 갈릴 것이다.

'어떻게 해야 하나?'

물론 당장 해결될 일이 아니고 시간을 두고 봐야 할 문제긴 하여 일단 생각을 끊었다.

이제 겨우 6집을 끝낸 마당에 지금부터 고민하는 건 자학에 가까웠다.

돌아서는데.

녹음실 한쪽 구석에 마이클 볼트가 앉아 있었다. 돌아가지 않고.

눈이 마주치니 일어나 다가왔다.

"할 말이 있어서."

"뭔데요?"

"저기……."

명쾌한 사람이 말을 다 끊다.

곤란한 일인가?

"소니 뮤직이 나더러 전속 계약하자고 하네."

"전속 계약이요?"

"응."

"오오~ 축하해요. 이제 메이저 무대에 서는 거네요."

일단 축하는 해 줬는데.

"고마워. 그런데 문제가 있어."

"문제요?"

"페이트 곡으로 내자고 해. 내가 불렀던 곡만 추려서."

하이고야.

"그래요?"

"해도 돼?"

안 될 건 없었다.

마이클 볼트가 따로 움직인다고 내 일정에 해가 될 일은 없을 테니까.

다만, 걸리는 건 이 사람 마이클 볼트였다.

내는 건 좋은데 과연 이때 내는 게 맞는지.

그의 전성기는 90년대였다. 역사가 바뀌었다고 그의 전성기마저 달라진 건지 나는 판단할 수 없었다.

"90년에 내는 건 어때요?"

"1990년?"

"두어 곡 더 모은 다음에 말이죠."

"으음, 그렇게나 기다려야 해?"

조급한 표정이 나왔다.

하긴 여태 무명의 설움만 겪은 그에게 소니 뮤직과의 전속 계약은 작은 일은 아니다.

당근을 내놨다.

"기다려 주면 How Am I Supposed To Live Without You

도 공동 소유로 돌려 줄게요. 어때요?"

"How Am I Supposed To Live Without You를 나에게 돌려 주겠다고?"

"공동 소유로요."

"……."

"그동안 공연이나 초청 다니면서 인지도나 넓혀 봐요. 마이클이 부른 곡이 어디로 가는 건 아니잖아요."

"……그렇긴 하지."

다만 소니 뮤직이 그때도 불러 줄까?

지금에야 서로 의견이 맞을 때라 쉽게 가겠지만.

"무엇이 우려인지 알아요. 하지만 2년 더 지난다고 소니가 마이클을 모른 척할까요? 그리고 소니는 지금 마이클을 위해 제안한 게 아니잖아요. 어떻게 하면 북미 시장에서 빨리 자리를 잡을까 혈안인 거라고요. 지금 앨범 냈다가 아무런 인기를 끌지 못하면 얼마나 큰 손해예요?"

"정말 그렇게 생각해?"

지금은 페이트를 밀고 있을 때였다.

이럴 때 페이트 곡을 들고나온다고 반향이 일까.

잘못했다간 한 방에 훅 가는 수가 있다.

이게 제일 문제였다.

내 보기엔 시장이 페이트 컴필레이션 앨범을 원할 때라야 비로소 마이클 볼트에도 기회가 있을 것 같았다.

"두 곡 정도 더 받고서 90년에 내요. 날 믿는다면."

"널 믿어……."

"……."

"알았어. 나도 네가 특별한 거 알아. 믿을게."

"소니가 뭐라 그러면 내 핑계 대요. 내가 반대했다고."

"안 그래도 그러려고 했어. 반대한 건 맞으니까."

"맞아요."

"알았어. 이번은 내가 참을게. 대신 90년에는 꼭 해 줘야 한다."

마무리된 건지 쿨하게 돌아가려는 마이클 볼트를 잡았다.

"마이클."

"응."

"이참에 60년부터 연도별로 히트한 앨범을 추려서 보내 줄래요?"

"연도별로 싹 다?"

"지역별로도 괜찮고. 굵직굵직한 놈들로만요. 크게 히트하지 않았어도 의미가 있는 앨범들은 추가로 넣으셔도 되고요."

"컬렉션을 만들려는 거구나. 알았어. 구해 볼게."

"고마워요."

"뭘. 아무도 알아주지 않던 나를 끄집어내 사람 만들어 준 게 누군데. 난 늘 너에게 고마워하고 있어."

"그래요. 우리 우정 변치 말아요. 난 늘 마이클에게 호의를 갖고 있답니다."

"명심할게. 성공이 급해도 페이트의 호의를 잃어버려선 안 되겠지. 난 무엇이 중요한지 아는 사람이라고."

활달하게 대답했지만 조금은 무거워진 표정으로 마이클 볼트는 한국을 떠났다.

뒷맛이 개운치가 않았다.

애매한 관계라.

애초 시작은 그의 영광을 스틸할 작정으로 접근하였다. 그게 이상하게 계속 연결되며 지금에 이르렀는데.

이제는 그도 내 식구였다.

인생이 제아무리 각 개인의 선택 문제라고 해도.

관여가 안 될 수가 없다.

물론 그가 내 조언을 무시하고 소니 뮤직과 손잡아도 내가 참견할 문제가 아니고 또 어떤 선택을 하든 존중할 생각은 가지고 있었다. How Am I Supposed To Live Without You도 말이 나온 만큼 돌려줄 생각이고.

"……."

하여튼 여러모로 복잡하였다.

관계란 것은.

야권 통합을 부르짖으며 세력을 도모하던 양김이 드디어 본색을 드러냈다.

두 사람이 힘을 합쳐 신당을 창당한 것.

그동안 제1 야당을 자처하던 당은 양김이 독립한다며 의원들을 우르르 데리고 나가자 거의 낙동강 오리알 수준으로 망가져 버렸다.

해체 수순.

야당 총재의 얼굴이 거뭇해지든 말든 이에 기다렸다는 듯 금융노련 등 온갖 단체에서 시국 성명을 발표하며 신당 창당을 도왔고 동시에 '박종천 고문치사 은폐 조작 규탄 범국민대회 준비 위원회'를 발족하며 불을 태웠다.

기세를 탄 양김은 따라온 의원들과 '박종천 고문치사 사건'과 관련해 현 정권 퇴진을 요구하며 거리로 나섰고 동안일보 기자들도 발맞춰 시국 선언에 동참하였다.

재야 민주단체도 양김과 함께 직선제 관철을 위해 '민주 헌법 쟁취 국민운동 본부'를 결성, 투쟁을 다짐하였다.

정치적 압박이 점점 더 거세지자 전두한은 호헌조치의 수호자로서 노태운을 지목, 차기 대통령 후보로 추천하게 된다.

"나, 나는 지금 도저히 믿기지가 않아. 지금까지 몇 장 찍은 줄 알아? 올해 상반기에만 5백만 장이야. 페이트 5집만 말이야."

"그래요?"

"이번 6집 나갈 때 유럽에도 진출한다고 하더라고. 대운아,

이러면 1천만 장이야. 네 앨범이 1천만 장 나간다고! 1천만 장!"

지군레코드 사장의 설레발로부터 새삼 북미 시장의 위대함을 깨닫고 있을 때 신 비서에게 연락이 왔다. 노태운이 보자고.

시기가 시기인 만큼 나도 각오하고 있었다.

이때쯤 부를 거라 봤는데.

만나기로 한 장소에서 다시 신 비서의 차를 타고 움직이길 30분.

전이랑 다른 주택에서 차가 멈췄다.

"왔나?"

"예."

"요새 미국에서 난리가 났다 카던데. 니는 똑같네. 고맙게."

"뭘요. 앨범이 잘나간다고 제가 바뀌는 건 아니잖아요."

"이자 열한 살이제?"

"예."

"4학년이고. 안 그래도 니네 학교를 급식 시범학교로 지정해 놨다. 5학년부터는 도시락 안 싸도 될 끼다."

"감사합니다."

"그래그래, 많이도 컸다. 하하하하하하."

내 머리를 쓰다듬으며 뿌듯하게 웃는 노태운이었다.

"신 비서야 마실 거 좀 가온나."

"예."

달그락달그락

컵 꺼내는 소리가 요란하게 들렸다.

노태운은 누가 대화라도 들을쏘냐 라디오를 틀었고 볼륨을 살짝 키웠다.

이곳은 당장 누가 살아도 아무런 문제없을 것 같은 가정집이었다.

전의 안가는 허술한 곳이 많았는데.

"여기가 신기하나?"

"진짜 살림살이하는 곳 같아요."

"맞다. 진짜 살림살이하는 데다."

"예?"

"빌린 기다. 가족끼리 놀러 갔고 우리는 살짝. 알제?"

"아~."

"대운아."

갑자기 진지해진다.

나도 자세를 바로 했다.

"니를 위해서라도 한 번 쓴 곳은 안 되겠더라. 날파리들이 워낙에 들끓어야제. 이해하제?"

"예."

"그래, 니라면 잘 알겠지. 걱정은 안 한다만…… 요새 시끄럽다 아이가. 세상 돌아가는 거. 니도 알제?"

"대통령 후보 되신 것까진 봤어요."

"오야. 맞다. 그 시키가 내를 대뜸 지 후계자로 지목하대."

"……."

"인생이 참 얄궂다. 니 말따라 작년 내내 조용히 지내면서 반쯤 포기하고 살았는데. 그 쉐리가 지한테 잘 보이려 날뛰던 놈들은 싹 치우고 내를 딱 찍는 기라. 기가 막히지 않나?"

"……."

"내를 왜 찍었나 생각해 봤지. 이것저것 다 덜어 내고 가만히 앉아 돌이켜 보니까 결국 겁먹은 기라. 세상 무서운 줄 모르고 날뛰던 놈인데 겁먹었어. 그놈도 한물간 기라. 그 쉐뀌가 내를 찍었다는 건 그 이유밖에 없다. 맞나?"

"맞아요. 잔뜩 쫄아 있죠. 그래서 더 무서운 거고요. 상처 입은 짐승은 무슨 짓을 저지를지 모르니까요."

"으음……."

무거웠다. 천 근 바윗덩이가 어깨를 짓누르고 있는 것처럼. 하지만 나도 더는 방관자로만 있을 수가 없었다.

찾지 않았다면 모를까.

노태운이 이렇게 내 앞에 앉아 있으니까.

나섰다.

"화살은 쏘아졌어요. 이제 어쩌실 생각이세요?"

"화살?"

"네."

"설은…… 내도 좀 무섭다."

"……."

265

"어떻게든 여기까지 기어 왔는데. 따지고 보면 내도 그냥 얼굴마담이 아이가. 이런 마당에 선거에 나섰다간 처참하게 깨질 기라. 니도 알겠지만, 선거는 1등 아이면 의미 없다."

급히 날 보자 한 이유 같았다.

지금 노태운은 천 길 낭떠러지 앞에 서 있고 이 시점, 여당이, 군부가, 권력을 유지하는 방법은 단 한 가지밖에 없었다.

개헌하지 않는 것.

그러나 전두한의 요구대로 호헌조치의 수호자로 나서는 순간 틀림없이 거대한 소요가 일어날 테고 전두한은 옳다구나 그 소요를 제압하고 그 책임을 모두 노태운에게 돌릴 것이다. 그 순간 노태운은 역사에 길이 남을 역적이 된다.

노태운으로선 절대 일어나선 안 될 일.

그렇다고 야당과 국민의 요구대로 개헌하고 직선제에 돌입하면 어떻게 될까?

무조건 필패였다.

그렇게 권력에서 물러나는 순간 어떤 꼴이 펼쳐질까?

아무리 긍정적으로 각색해 봐도 아찔할 것이다.

가장 좋은 건 여당이 그리고 노태운이 대통령 자리에 올라 권력을 쥐는 것인데.

그게 안 된다.

사면초가.

어느 곳을 돌아봐도 희망이 없다.

그 오욕을 전부 뒤집어쓸 생각을 하자니 노태운의 골이 복잡해진 것이다.

"개헌하세요."

"응?"

"직선제 하시라고요."

"뭐라꼬? 니 지금 무슨 소리 하는 줄 아는 기가?!"

"아까 말씀하셨잖아요. 선거는 1등이 아니면 의미 없다고. 이기면 되잖아요."

"이기면 된다고? 대운아, 니 시국이 어떻게 돌아가는지 아나? 툭 건드는 순간 다 박살 난다. 함부로 얘기하는 거 아이다."

"개헌 안 한다고 일이 달라질까요? 오히려 더 심각한 문제가 되겠죠. 모르세요?"

"……."

안다.

너무 잘 알아서 문제다.

"도망갈 곳이 없잖아요. 개헌하시고 그들이 원하는 대로 다 해 주시고. 그런 다음 승리를 쟁취하세요. 정통성을 손에 쥐는 거예요. 다들 입 닥치게 말이죠."

"대운아……."

"제 보기엔 개헌만이 아저씨에게 유리한 수 같은데…… 모르시겠어요?"

"개헌이 내한테 유리하다고?"

"유리하죠."

"어떻게?!"

얼굴이 바로 앞으로 다가온다.

하지만 난 바로 얘기해 줄 생각이 없었다.

"그걸 말씀드리기 전에 먼저 여쭙고 싶은 게 있어요."

"하이고, 바빠 죽겠구만. 뭔데?"

"그래서 대통령이 되신다고 쳐요. 그다음엔 뭘 어떻게 하실 생각이세요?"

"뭘 어떻게 하노. 국가와 민족을 위해 헌신해야제. 대통령이 그거 하라고 있는 자리 아이가?"

"그걸 몰라서 여쭙는 게 아니잖아요. 제가 묻는 이유. 진정 모르세요?"

"……."

잠시 말을 멈추고 날 보는 노태운이었다.

눈빛에 전에 없는 날카로움이 묻어 있었다.

"대운아. 내 니를 아끼는 거 알제?"

"예."

"근데 오늘따라 니가 날 몰아붙이는 것 같다. 맞나?"

"예, 맞아요."

"내한테 와 그라노?"

"대통령이 되실 분이라서요. 이제 보통 사람이 아니잖아요."

"내하고 멀어지…… 아니, 내가. 이 내가 대통령이 된다고?"

눈을 크게 뜬다.

"예."

"그 말, 진심이가?!"

"제가 여태 거짓부렁한 적 있어요?"

"아이다. 니는 한 번도 그런 적 없다. 오히려 다 맞췄지."

눈에 기이한 열기가 도는 노태운이었다.

그의 생각이 더 높은 곳으로 이어지기 전에 끊었다.

"김영산, 김대준을 죽일 수 있으세요?"

"뭐?!"

"방금 여쭈었잖아요. 그 두 사람, 죽일 수 있냐고요."

"……"

"이 일도 시간을 드려야 해요?"

"니 설마 그 두 사람 죽이고 대통령 되라 카는 기가?"

"아니요. 대통령 돼서요."

"그게 무슨 소리고?! 내가 대통령이 됐는데 뭐 하러 두 사람을 죽여야 카는데?!"

"못 죽이시는 거군요."

"몬 죽인다. 자슥아. 그 두 사람은 이제 손 몬 댄다."

"죽여야 아저씨가 사는 데도요? 아저씨의 기반, 아저씨의 지지층 모두가 그 두 사람이 죽어야 살아요."

"뭐?!"

딱 멈춘다.

"작년에 이미 말씀드리지 않았나요? 기회가 왔을 때 어떻게 하시겠냐고요? 다 버릴 수 있겠냐고요."

"대운아…… 니 열한 살이다. 아나? 이제 좀 무섭다."

"알아요. 다만 전 아저씨의 최선을 말씀드리는 거예요."

"그 두 사람이 죽어야 나의 최선이다?"

"예."

"몬 죽이면?"

"차선으로 넘어가야죠."

"들어나 보자. 그 차선."

"근데 진짜 못 죽여요?"

"흐음…… 맞다. 이제 못 건든다. 둘 중 하나라도 죽으면 나라가 뒤집힐 끼다."

"그럼 남은 건 하나밖에 없네요. 개헌하세요. 개헌하고 대통령이 되세요."

"개헌……밖에 없나?"

"이무기가 다시 피 보려 덤빌 거예요. 하지만 이제는 안 돼요. 레이건이 재선에 성공했거든요. 자기 보신에 끔찍한 사람이니까. 자기 죽을 일은 절대 안 하겠죠."

"……"

"그럼 남은 건 아저씨뿐일 텐데. 미국에서 경고 떨어진 다음 가서 담판을 지으세요. 그 일로 역사의 주역으로 떠오르시는 거예요. 일의 도모는 다음부터죠."

"……."

"하실 수 있으세요?"

"내……가 정말 대통령이 될 수 있는 기가?"

"방도는 그때 다시 얘기하죠."

이후 노태운이 던지는 어떤 질문에도 나는 노코멘트로 일관했다.

달래도 안 되고 으름장도 안 된다. 기운이 떨어진 노태운은 결국 두 손 다 들었고 우리는 헤어졌다.

나로서도 전과는 다른 노선을 택할 수밖에 없는 사정이 있었다.

이제부터 그와의 무조건적인 도움은 없어야 했다.

노태운의 입지가 달라진 만큼 나도 걸맞게 대응해야 옳았고 그가 청와대에 들어간다면 더는 사적인 관계로 돌아갈 수 없었다.

이 중요한 시기, 내 생각을 관철하려면 그가 더 절박해져야 했으니 섭섭하더라도 오늘의 만남은 여기까지였다.

"호헌 철폐! 독재 타도! 민주 승리!"

"호헌 철폐! 독재 타도! 민주 승리!"

"호헌 철폐! 독재 타도! 민주 승리!"

한쪽에선 수천 명이 몰려다니며 외치고 있었다.

또 한쪽에선 거대한 사진을 든 무리가 도로를 에워쌌다.

"종천이를 살려 내라!"

"한영이를 살려 내라!"

'박종천 고문치사 사건'으로 국가 권력이 신뢰성을 잃고 국민 소환에 이른 이때.

또 경찰이 겨냥하고 쏜 최루탄에 후두부를 맞은 학생 하나가 사경을 헤맨다는 소식이 퍼져 나갔다.

그렇지 않아도 심상치 않았던 시위의 불길이 휘발유를 부어 버린 것처럼 활활 솟아올랐고 급기야 일반 시민까지도 시위에 동참하게 만들었다.

경찰은 어떻게든 사태를 막아 보기 위해 강경 자세로 임했으나 도리어 경찰서, 파출소가 불타올랐고 진압 장비까지 빼앗기는 수모를 당한다.

방법이 없었던 경찰은 시위대가 보이는 순간 무조건 최루탄부터 응사했고 엎친 데 덮친 격으로 충주에서 길 가던 유아가 그 파편에 다치는 일이 벌어진다.

시위의 불길은 어느새 서울에서 제주도까지 번져 버렸고 시민들도 동조하여 매도하자 경찰도 사람인 이상 사기가 바닥으로 떨어질 수밖에 없었다. 남용한 최루탄도 잔량이 얼마 남지 않았고.

이에 이를 악문 전두환은 전방에서 4개 사단을 차출, 특전

여단 6개와 해병연대 2개, 각 군단 직할대인 특공연대 4개를 동원해 서울을 중심으로 부산, 마산, 대전, 대구 등 시위가 거센 곳에 집중 배치하기로 결정, 그도 모자라 항공여단과 화학부대도 동원하려 하였다.

'이것은 계엄령이 아니라 계엄령에 플러스알파를 하는 비상조치'라고 선포했고 초강경으로 일관했다.

"이러믄 안 되는데."

"……."

"이러다 5.18이 또 벌어지겠다. 이 일을 우짜믄 좋노."

"……."

"신 비서야, 청와대에서는 연락 없더나?"

"없습니다."

노태운은 한숨을 푹푹 쉬었다.

일이 너무 심각해지고 있었다.

성깔 더러운 전두한은 역시나 피 보기를 주저하지 않았고 이를 눈치챈 학생들도 더는 정부를 정부로 인정하지 않았다.

비록 다음 대통령 후보로 지목받고 대망(大望)의 길이 열렸다고는 하나 국민을 또 죽이게 된다면 정권을 얻는다 한들 전두한이랑 다를 바가 없게 된다. 똑같은 놈이 돼 역사의 조롱을 받을 것이다.

"어른들이 돼서 애새끼들이 시위하면 말려야지. 와 같이 나서고 지랄들이고?"

더운데 수고한다며 쭈쭈바나 던져 주는 수준을 넘어, 아침부터 김밥 싸서 나르는 수준을 한참 지나쳐,

시민들이 직접!

대거 참여하여 학생들의 사기를 돋우고 있었다. 나라가 지금 어디로 가고 있는지도 모르고.

"아무래도 썸머타임 때문일 확률이 높습니다."

"썸머타임?"

갑자기 웬 썸머타임?

"여름이라고 한 시간 앞당겨진 것 때문에 낮 시간이 많이 남아돌아서가 아닐까 판단하고 있습니다."

"시간이 남아돌아서 그렇다고? 시위가 장난이가? 지금 전두환이가 군을 동원하려고 난리인데. 직장이 일찍 끝나면 얼른 집에 돌아가 발이나 닦고 자지. 이 쉐끼들은 뭐 주워 먹을게 있다고 시위에 기웃거리노."

"그게 직장이 몰린 곳의 전철과 버스 노선을 통제하는 바람에 더 그렇게 된 것 같습니다."

"그건 또 무슨 소리고?"

"전철이고 버스고 정류장을 고의로 지나가고 있습니다. 그 때문에 시민들이 정류장까지 걸어가다가 동참하는 경우가 많아졌습니다."

"하여튼 정책 벌이는 짓거리하고는. 괜한 사람들까지 적으로 만들고. 전두환이 이 새끼 정말 안 되겠어."

따르르릉

따르르르릉

전화가 왔다.

서로 눈이 마주친 노태운과 신 비서.

신 비서가 얼른 전화를 받고 알았다며 끊었다.

"후보님, 청와대입니다."

"오라 카나?"

"급히 들어오시랍니다."

"가자."

당 청사에서 차를 몰길 30분도 안 돼 도착한 노태운은 대기 중이던 비서실장을 따라 곧장 전두한에게 안내됐다.

전두한은 집무실이 아닌 본관 뒤뜰 한적한 자리에 가만히 앉아 차를 즐기고 있었다.

"오셨소. 노 후보."

"예, 부름에 달려왔습니다. 각하."

"앉으시오."

"예."

또르르르

차를 따라주는 전두한의 손길에 황송한 듯 허리를 굽힌 노태운이지만 긴장은 풀지 않았다.

"좋지 않은 소식이 있어 불렀소. 노 후보도 알고 있어야 할 것 아니오."

"경청하겠습니다."

"이 나라가 순 빨갱이 새끼들 천지요. 싹 다 잡아 죽이고 싶은데. 이게 마음대로가 안 돼."

"……."

"김영산이 그 새끼가 우리 작전을 어찌 알고 주한미국 대사관에 찾아갔는지. 그 새끼가 거기서 우리가 군 동원하면 분신자살하겠다 협박을 놨다지 않소."

"그런 일이 있었습니까?"

"그 새끼 하나 뒈지는 건 문제가 안 되는데. 미국이 하필 부화뇌동이오. 날 아주 카다피 보듯 한단 말이오. 내가 얼마나 잘 해 줬는데."

"카다피면 리비아 독재자 아닙니까?"

"맞소. 내가 언제 독재한댔소? 정권도 순순히 물려주고 뒤로 물러난다고 하지 않았소. 왜들 나만 갖고 지랄인 건지."

"맞습니다. 각하는 정법대로 가고 있습니다."

노태운의 대답이 마음에 들었는지 전두한은 가볍게 고개를 끄덕였다.

"근데 말이오. 어젯밤에 그 레이건한테 전화가 왔소."

"레이건한테 말입니까?"

"그 노린내 나는 새끼가 전화질로 나한테 이러더군. 군 동원하면 가만두지 않겠다. 이따구로 협박하지 않겠소."

"뭐라꼬요?! 레이건 이 쉐끼가 정말 그래 말했습니꺼?"

"내년에 올림픽 여는데 나라를 피바다로 만들 생각이냐며 내가 지랄 떨면 고르바초프가 자기를 어떻게 생각할 것 같냐고 떠드는데. 딴따라 출신 새끼가 겁대가리 없이 말이야. 당장에 미국으로 달려가 쏴 죽이고 싶은 걸 간신히 참았소."

"참으로 관대하십니다. 역시 미국도 믿어선 안 되는 거였습니다."

노태운이 화 난 듯 주먹을 꽉 쥐자 전두한은 또 만족한 듯 입가가 올라갔다.

"역시 노 후보. 아니, 내 친구밖에 없다."

"아닙니더. 지야 언제나 각하 편 아입니꺼. 그래서 레이건 새끼가 뭐라 캅니꺼?"

"오늘 아침에 보니까 협박질만 한 게 아이오. 땡크 몰고 와 우리 기계화 사단 정문 앞에 딱 대놓았다지 않소."

"……진짜 해 보자는 얘기군요."

"함 붙어 볼까 고민 중인데 저 바깥에 있는 측근이라는 새끼들까지 대놓고 직선제 하라 카오. 내 요새 세월이 무상한 게 깨닫는 바가 참 많소."

측근한테 총 맞을까 봐 무섭구나.

그러나 속마음과 다른 말도 할 줄 아는 내공 정도는 노태운도 가지고 있었다.

"각하, 힘내십시오. 아직 끝난 게 아닙니더."

"됐소. 노 후보 마음 내가 잘 아는데. 이미 대세가 넘어간

듯하오. 어차피 나는 뒤로 물러날 사람이라 상관없긴 한데.
우리 노 후보가 괜찮겠소?"

"예?"

"직선제는 노 후보한테도 악재가 아니오."

악재였다.

이대로 대통령 선거를 치른다면 백발백중 대통령에 당선
될 것이나 직선제로 가는 순간 백발백중 낙선이다.

걱정하듯 툭 던지는 전두환의 말에 노태운은 움찔, 이게 다
니가 싸지른 똥 때문이 아니냐라고 소리치고 싶었지만.

결정적일 때 스스로를 다독일 줄 아는 자신은 프로 중의 프
로였다.

"각하, 진짜 직선제로 가시려는 겁니꺼?"

"방법이 없잖소. 안은 빨갱이들이 지랄이고 바깥은 노린내
나는 놈들이 깽판 치고. 내 혼자 뭘 할 수 있겠소? 나라 걱정
에 잠을 이룰 수가 없소."

"각하……."

"괜찮겠소? 이거 친구로서 진심이오."

잠시 전두환의 눈을 바라본 노태운은 친구가 결단을 내린
걸 깨달았다. 허수아비 최규아를 쳐냈을 때처럼.

동시에 쪼매난 친구의 예상이 완벽하게 들어맞고 있다는
사실에 전율이 돋았다.

그랬다.

이제부터가 진짜 승부였다.

보통 내공이라면 대세에 따르라고 기울겠지만, 그건 전두한이 원하는 바가 아니었다.

더욱 엎드렸다.

"이 시점에 직선제라는 게 좋은 소식은 아니긴 합니더. 그렇긴 하지만 지야 어차피 각하께서 후보로 올려 줘서 후보인 거고 선거에 나가라 캐서 나가는 거 아입니꺼. 각하의 의중이 중요하지예. 지야 어떻게든 안 되겠습니꺼?"

"미안하오. 내 노 후보만큼은 지켜 줄라 했는데. 힘에 부치오."

어깨를 토닥토닥.

전에 없이 살뜰히 챙긴다.

정답을 말한 모양.

이 어깨의 토닥임도 진심에서 우러나온 것이 아님을 노태운은 잘 알았다.

'어지간히 총 맞기 싫은 모양이네. 자기 보신에는 끔찍하다고 하더니.'

대세에 민감하기에 대세에 올라탔고 내려올 때도 대세에 충실하다.

처세술로는 만점이나 이놈은 그동안 적을 너무 많이 만들었다.

"내 해 줄 것은 이것밖에 없소."

뜬금없이 무엇을 건네준다.

뜯어봤더니 '시국 수습에 대한 대책'이라 적혀 있었다.

내용은 직선제 수용이었다.

"각하⋯⋯."

"나가서 국민에게 알리시오. 이거면 선거에 조금은 보탬이
되지 않겠소?"

"⋯⋯."

"태운아."

"예."

"친구로서다. 태운아."

"응."

"아마도 정권 잡기 힘들 끼다. 하지만 절대로 쉽게 줘서는
안 된다. 무슨 말인지 알제?"

"안다. 만만하게 보이면 안 되제."

"맞다. 그래만 주면 니캉 내캉 말년이 편할 끼다."

"알았다."

"이제 가 봐라. 가서 니 할 일 해라."

"알겠습니다. 각하."

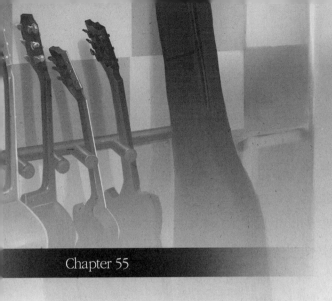

Chapter 55

《이에 본인은 노태운 대표 의원이 건의한 내용을 전폭적으로 수용해서 획기적인 민주 발전, 국민 화합을 위한 조치를 취하기로 결심하였습니다. 본인은 여야가 조속한 시일 내에 대통령 직선제에 대한 합의에 이르러 개헌이 확정되면 임기 중에 새로운 헌법에 따라서…….》

세상이 뒤집혔다.

신군부가 항복했다.

승리한 사람들은 거리로 뛰쳐나갔고 누군가 나눠 주는 장미 한 송이를 가슴에 달았다.

283

만세, 만세, 만세……

여야 지도부들이 총출동하여 개헌에 관한 합의를 시작했고 오는 10월에 국민 투표를 실시, 헌법에 보장된 국민의 권리에 따라 국민이 직접 개헌 여부를 결정하게 하였다.

온 나라가 들썩였다.

찻집은 무료로 가게를 개방했고 택시들은 너도나도 공짜로 태워 줬다. 시민들이, 학생들이 드디어 평안을 되찾은 얼굴로 서로를 바라봤다.

어떤 아저씨는 장미꽃을 거부하는 전경에게 억지로 달아주며 이런 말을 하였다.

'경찰관도 대한민국의 국민입니다'

그 경찰관이 되물었다.

'경찰관이 대한민국 국민 맞습니까?'

'네! 국민입니다. 대한민국 국민이면 이거 달아야 합니다'

누군가에겐 굴욕의 시간이 될 수 있었겠지만.

국민 대다수가 행복해하였다. 드디어 수십 년 대한민국의 눈을 가려 왔던 군부의 장막이 걷히고 새날이 오는가 하여 기뻐했다.

이렇게 나라 분위기가 1m쯤 붕 떠 있을 때 나에게 의외의 손님이 찾아왔다.

"총괄님."

"예."

사무실에 있을 때는 잘 오지 않는 백은호가 오늘따라 들어왔다.

"저기…… 복기가 뵙고 싶어 합니다. 1층에 찾아왔는데 어떻게 할까요?"

"그래요? 모셔 오세요."

"예, 알겠습니다."

잠시 후 들어온 정복기는 정중하게 인사를 하자마자 용건부터 꺼냈다.

"다른 게 아니라. 오늘 찾아뵌 건…… 제품 개발하던 도중 재미난 아이디어가 떠올라서 말입니다. 한번 만들어 봤는데 봐 주실 수 있으십니까?"

"그래요? 뭔데요?"

가방에서 주섬주섬 꺼내는데.

어디에서 많이 본 느낌이다.

"이건……!"

"알아보시겠습니까?"

"설마 감시용 카메라인가요?"

"맞습니다. 실시간으로 같은 장소를 녹화하는 카메라. 방범용으로 괜찮다 싶어 만들어 왔습니다."

CCTV였다.

깜짝 놀랐다.

몰래카메라만 잘 만드는 줄 알았더니 이런 걸 다 가져올 줄

줄이야.

"이거 멋지네요."

"그렇습니까? 아직 프로토타입이긴 한데. 좋아 보이십니까?"

정복기의 얼굴을 봤다.

화색이 돌긴 하는데 뒷맛이 깔끔하진 않았다.

아직 본론이 남아 있다는 것.

단순 칭찬을 듣기 위해 온 것이 아닌 모양.

멍석을 깔아줬다.

"우리 정복기 사장님께서 투자자가 필요하신 모양이네요."

"예?!"

"투자할까요?"

"……."

얼씨구나 좋구나 받을 줄 알았는데.

대답이 없었다.

잘못 판단했나?

고개를 갸웃대자 백은호가 정복기의 옆구리를 찔렀다.

"총괄님이 기다리시잖아."

"저 사실…… 오늘 찾아뵙게 된 건…….."

"……."

더 기다려 줬더니 대뜸 무릎을 꿇는다.

"저도 거둬 주십시오."

"……!"

"백 중사님처럼 저도 총괄님 휘하에 들어가고 싶습니다."

"복기야. 이놈아!"

백은호도 몰랐던지 놀라 만류하나 정복기는 꿈쩍도 하지 않았다.

"부러웠습니다. 좋아서 나왔지만, 또 언제까지 이런 기계 부품이나 만지며 살까 걱정도 됐습니다. 그런 제 인생에 총괄님은 햇불과도 같습니다. 저도 경호 잘하고 이렇게 전자 장비도 잘 만집니다. 출신의 특성상 입도 무겁습니다. 저도 거둬 주십시오. 거둬 주시면 충성을 다하겠습니다."

"……."

투자가 아니라 면접이었다.

나 이런 것도 할 줄 아니 채용해 달라.

하지만 정복기의 판단은 틀렸다.

채용되고 싶었으면 CCTV를 가져오지 말았어야 했다.

'이게 얼마나 큰 사업인데.'

최초의 CCTV 시스템은 1942년 나치가 V2 로켓 발사를 준비하면서 만들었다. 이후 1970년대 들어 선진국을 위주로 CCTV가 보급되기 시작했는데 활용도가 떨어졌고 활용도가 떨어진 만큼 보편화되지 못했다.

즉 엄청난 블루오션.

"하나 묻고 싶은데요. 기술적으로요."

"예! 말씀하십시오."

"여기에 어떤 영상 전송 기술이 들어갔나요?"

"그건······."

"모르시나요?"

"아닙니다. CVBS 방식입니다. 해상도는 SD(480i/576i)로 텔레비전 방송 방식을 사용했습니다."

CVBS 방식은 보통 컴포지트 비디오라 불리고 더 흔하게는 외부 입력이나 A/V 단자라고도 불린다.

"SD가 그 정도면 겨우 윤곽이나 잡히겠네요."

"그렇습니다. 그런데 총괄님께서 그걸 어떻게······."

"총괄님은 모르는 게 없으세요."

차를 내주러 왔다가 매섭게 던지는 정은희의 한마디에 정복기는 움찔.

쩨려보는 기세에 눌렸던지 바로 고개를 끄덕이며 납득해 버렸다. 나도 '아무리 나라도 정 대리님 몸무게는 몰라요' 라고 개드립치려다가 움찔.

겨우 입을 막았다.

"알아 모시세요. 총괄님은 희대의 천재세요. 인류 역사에서도 단 한 번 나타난 적 없는 천재."

"아, 알겠습니다. 죄송합니다."

사감 선생님 모드일 때 정은희는 아주 엄격했다.

이럴 때는 눈에 안 띄는 게 최고.

그녀가 나가고서야 우리는 겨우 기를 펼 수 있었다.

"CVBS 방식은 색상 표현도 좋지 않고 잡음과 이미징에 취약, 그나마 단단히 쉴드된 RF 케이블을 사용해야지 볼만한 화질이 나온다는 것까진 알아요."

"그걸 어떻게……."

정은희의 말이 입증된 건지 정복기는 입을 떡 벌린다.

나도 놀랍긴 했다. 전작을 쓰면서 조사한 내용을 여기에서 써먹을 줄이야.

어쨌든 CCTV가 활성화된 건 1990년대 중반이라 봐야 옳았고 그 바람을 이끈 핵심은 바로 디지털 멀티플렉싱 기술이었다.

이후 더욱 기술이 발전된 CCTV 시장은 2000년대에 이르러 폭발적으로 성장하게 되는데 선진국 대열에 동참한 나라 치고 CCTV가 없는 나라가 없었다. 중국에서만 4억 대 이상, 한국은 민간까지 5백만 대 정도 나갔다.

이런 사업이 넝쿨째 굴러 들어온다는데 어떻게 정복기를 경호원으로 쓸 수 있을까.

물어봤다.

"정말 내 식구로 들어올 생각이세요?"

"물론입니다. 받아만 주신다면 목숨을 다해 충성하겠습니다."

"알겠어요. 받아 줄게요. 대신."

"대신."

"이 기술을 디지털로 전환해 오세요."

"디지털이요?"

눈을 동그랗게 뜬다.

"아날로그 신호들을 다중화하려면 보통, 반송파 대역폭이 다른 주파수 대역의 서브 채널을 활용해 시도하겠죠. 병렬, 병렬, 병렬…… 그러나 이런 식으로는 훼손이 많을뿐더러 설치에도 애로사항이 따르죠. 하지만 디지털은 달라요. 다중 신호라도 서로 교호하는 시간 동안 같은 채널을 이용할 수 있죠. 동시에 수십 개 신호라도 한 곳에서 처리 가능하잖아요."

"그 말씀은…… 하나의 단자에 수십 개의 신호를 처리하게끔 만들라…… 어! 설마 카메라도 그런 식으로 운영하시길 원하시는 겁니까?"

"맞아요. 하나당 한 채널이 아닌, 하나에서 전부를 통제할 수 있게요."

"그게 디지털 멀티플렉싱이로군요."

"나는 이 기술을 원해요. 만들어 주실 수 있겠어요?"

"디지털 멀티플렉싱 기술……."

"안 되나요?"

말이 떨어지기가 무섭게 정복기를 눈을 빛내며 자세를 바로 했다.

"먼저 말씀드리겠습니다. 이 건은 저 혼자선 무리입니다. 장비도 필요하고 전문 인력도 더 필요합니다."

"연구실을 하나 차려 드리죠. 머릿속에 그린 그림을 우리도 실장님에게 말씀해 주세요. 다 이루어질 겁니다. 하실 수 있겠어요?"

"해 보겠습니다. 아니, 무조건 성공하겠습니다."

"좋아요. 일 한 번 만들어 보죠."

◇ ◆ ◇

"아마도 헌정 사상 최초이겠제? 여야가 원만한 합의를 이
룬 헌법 개정이 추진된 건."

"맞습니다. 시작이 어떻든 큰 업적입니다."

"흐음, 직선제 개헌에는 동의했고 대통령도 임기를 단임 5
년으로 고정, 국민 기본권을 대폭 개선하는 것까지는 뭐 다
좋다. 근데 말이다. 신 비서야, 니도 그날 대운이가 하는 말
다 들었제?"

"예."

"그 새끼가 내더러 대통령이 된다 캤다. 맞나?"

"예, 맞습니다."

"그래 놓고도 내 앞에서 꾸물 안 댔나. 뭔가 더 남았다는 듯
이. 내한테 뭐 바라는 거 있다는 듯이. 대운이마저 이럴 줄은
몰랐는데. 그게 골머리가 더 아프다."

"……"

말로만 두통이 있는 건 아닌지 노대운은 자기 관자놀이를
짚었다.

이럴 때는 조용히 대기하는 게 최고인 걸 신 비서는 잘 알 았다.

"그냥 대통령만 되면 되는 거 아이가? 다른 무시기가 뭐가 더 필요한데?"

"……."

"그 고얀 놈의 새끼가 초장부터 김영산, 김대준이를 죽이라 카고."

"……."

"못 죽이면 내 기반 다 털어 낼 각오해야 한다고 카고."

"……."

"세상이 지금 어떻게 돌아가는데 내한테 그 두 놈을 죽이라 카는 기고. 칼 물고 물에 빠지라는 것도 아이고."

"……."

"근데도 끝내 무시 못 하겠다. 그 새끼 하는 말이 말마다 족족 들어맞는다 아이가. 신 비서야, 니는 내가 우짜믄 좋겠노?"

"후보님……."

"말대로 두 놈의 새끼들 칵 쥑이 뿔까?"

노태운의 눈알이 번들.

당장에라도 일을 벌일 듯 분위기를 자아냈다.

"후보님."

"말해라."

"지금 그 두 사람이 죽으면 가장 많이 의심받을 사람이 후보님입니다. 그것은 곧……."

뒷말을 흐렸다.

흐린 뒷말이 선거 얘기인 걸 모르는 사람은 이 자리에 없었다.

"……."

"……."

"……안다. 내도 알아! 그 두 놈은 이제 세상 없어도 못 건 든다. 그러니까 답답하제. 대통령은 된다 카니까 마음이 놓이긴 한데 결국 그 두 놈이 내를 죽인다는 소리 아이가?"

"……."

"그 얘기 맞제? 대통령 5년 단임제. 대운이 새끼 말대로라면 내 임기가 끝나는 순간 내 목을 동강 칠 놈들이 그 두 놈이라는 거 아이가."

"……죄송합니다. 저도 그렇게 들렸습니다."

대답하고서도 황송한 듯 고개를 숙이는 신 비서를 보던 노태운은 소파에 등을 기대고 천장을 보았다.

"안 가면 죽고 가도 결국은 죽는다는 건데…… 진퇴양난이다. 진퇴양난이야."

한참이고 되뇌던 노태운은 다시 허리를 폈다.

"데리고 오니라. 다시 만나야겠다."

"알겠습니다. 잠시만 기다려 주십시오."

"내 먼저 출발할게."

◇ ◆ ◇

　87년 상반기 결산을 해 봤다.

　지난 반 년간 많은 일이 벌어졌고 또 앞으로도 많은 일이 벌어질 예정이라 딱히 집중할 자리는 아니었지만, 무슨 일에도 열심인 도종민이 이러쿵저러쿵 성실히 노력해 대는지라 그 얼굴을 봐서라도 자리하였다.

　"오필승 엔터테인먼트 창립 역사상 가장 큰 매출입니다."

　페이트 1집에서 100만 장이 추가로 나갔다. 2집은 일본풍이라서인지 30만 장에 그쳤고 제대로 작업한 3집은 150만 장, 리메이크 앨범인 4집은 100만 장, 미국 첫 진출 앨범인 5집은 550만 장이 나갔다.

　일본에서도 추가로 40만 장이 더 나갔는데.

　어쨌든 반년 동안 나간 앨범이 970만 장이라.

　모두의 입에서 억! 소리가 나왔다.

　산술된 매출만 485억.

　여기에서 내가 가져갈 수익이 409억 수준.

　이 돈 중 난 9억만 통장에 두고 300억은 DG 인베스트에 100억은 대길 건설에 넣었다.

　신 비서에게 연락 온 건 그즈음이었다.

　"왔나."

　"예."

이전 전처럼 안아 주지도 머리를 쓰다듬지도 않는 노태운
을 보며 나는 어쩌면 오늘 이 만남이 우리 두 사람의 마지막
일 수도 있겠다는 불길한 예감이 들었다.

"니도 들었제? 결국 니 말대로 됐다."

"……."

"오늘 니를 부른 건 아무리 생각해도 풀리지 않는 게 있어
서다. 물론 니도 어림짐작은 하겠지만 내한테는 목숨이 걸린
일이라 신중할 수밖에 없다."

"……."

무거웠다.

질척였다.

차가웠다.

노태운의 인식 속 나의 이미지가 바뀐 것이 틀림없었다.

입맛이 썼다.

이래서 정치인이랑은 상종을 말아야 한다고 했던가?

"정말 그 두 새끼가 내를 죽이나?"

탕

어딘가 숨어 있던 스나이퍼가 방아쇠를 당긴 것처럼.

30000J 이상의 운동 에너지가 내 가슴을 뚫고 척추까지 파
괴하고도 모자라 벽까지 관통해 지나간 것 같았다.

나도 질 수 없어 뱃심을 딱 줬다.

"진실을 원하세요?"

"그렇다."

"결론적으로만 말씀드리면 아저씨가 그러하듯 두 사람도 생물학적으로는 아저씨를 건들지 못해요."

"그 말은 대놓고 죽이지는 않는다…… 혹 사회적 죽음을 말하나?"

"역시 가해자는 너무 쉽게 잊어버리는 경향이 있어요. 자기가 안 당했으니까 그런 건가요?"

"뭐라꼬?"

"잊지 마세요. 두 사람은 군부라고 하면 자다가도 이가 갈리는 사람들이에요."

"이가 갈려?! 내가 뭘 어쨌는데 그 새끼들이 내한테 와 지랄이고?!"

엉덩이가 들썩들썩.

그러나 나는 침착하였다.

"YH무역 사건."

"뭐, 뭐?!"

"사람답게 살자던 그 여공들을 어떻게 대했죠? 폭력배들 동원해서 마구 짓밟고 찢어 버리고 결국 사람이 죽어 나갔어요. 그 일이 시발점이 돼 부마항쟁이 벌어져요. 이때 차지천이 뭐라고 했나요? 캄보디아에서는 3백만을 죽여도 아무 탈 없는데 우린들 1, 2백만이 죽는다고 까딱 있겠습니까?"

"뭐?! 니, 니가 어떻게 그런 것까지……."

"그때 유신 대통령이 어떻게 했죠? 죽이라 했잖아요. 자기 국민을. 그래서 어떻게 됐어요? 10.26사태가 벌어졌죠. 그 한 가운데 있던 사람이 김영산이에요. 대놓고 싸우다 국회의원 제명까지 당한 사람."

10.26사태는 이전 대통령이 중정부장의 총에 맞아 죽은 사건을 말한다.

"김대준은요? 그 사람 아직도 절뚝이며 다녀요. 그 다리를 볼 때마다, 그 다리가 아플 때마다 무슨 생각을 하겠어요? 이래도 마음 편히 노후를 보내실 거라 보세요? 대통령은 5년 단임제예요. 제 보기엔 겨우 5년 수명 연장된 것뿐인데."

"대운아……."

기세가 확 줄어들었다.

사안의 심각성을 이제 겨우 인식한 것이다.

"가장 큰 문제는 겨우 두 사람인 게 아니라 김영산, 김대준 이 사람들이 둘 다 하필 국민적 거물이라는 거잖아요. 앞서거니 뒤서거니 해도 결국 그 두 사람은 대통령이 될 테고 그걸 인지하신다면 그리고 그 두 사람이 공통적으로 군부 압제에 시름을 앓았고 그 고통을 온몸으로 겪었다는 걸 이해하신다면 이렇게 편히 계실 수는 없죠. 생각이 있으시다면."

내 관자놀이를 툭툭 찔렀다.

"……!"

"자, 물을게요. 군부의 마지막 잔재로서 쏟아지는 폭풍과

297

뒤집어 삼키는 해일을 목전에 둔 소감이 어떠세요?"

"!!!"

"제 안타까움이 느껴지지 않으시냐는 말입니다!!"

충격을 받았는지 노태운이 휘청였다.

신 비서가 달려와 잡으나 노태운은 신 비서를 밀어냈다.

잠시 숨 고르기가 있었다.

그의 허리가 내 쪽으로 급격히 기울어졌다.

"내, 내가 우짜믄 좋겠는데?"

"상황이 눈에 들어오나요? 그렇게 힌트를 드렸는데 겨우 5년 단임제로 만족하셨잖아요. 직선제가 국민 염원이라면 OK. 그렇더라도 미국처럼 연임제 정도는 밀어붙였어야죠."

"그건 반대가 너무 심했을⋯⋯."

"왜요? 자유 민주주의의 수호자인 미국의 시스템을 가져다 쓰자는 건데 누가 반대해요? 그런 놈이 빨갱이 아니에요?"

"⋯⋯!"

"최소한 대통령 선거에서 한 번 떨어진 사람은 다신 도전 못 하게 하셨어야죠. 대학 입시도 아니고 재수, 삼수생이 왜 필요한 거예요? 그럼 최소 그 두 사람은 대통령을 못 했을 거 아니에요."

"!!!"

노태운의 입이 쩍 벌어졌다.

그제야 실책이 눈에 들어오는지 통탄의 한숨을 내뱉었다.

한참을 고개 숙여 장고한 후 나온 첫 말이 이랬다.

"……미안하다. 내가 요새 뭐에 눈이 씌었나 보다. 대운이 니를 적대할 생각을 다 하고. 니가 우리나라 최고의 애국자라는 걸 고새 내가 잊었다. 미안하다. 내 사과를 받아도."

"사과예요?"

"맞다. 전부 다 내 실책이다. 니 얘기를 전혀 귀담아듣지 않았다."

"……"

"설마 돌이킬 수 없는 기가?"

"아니요. 괜찮아요. 아저씨가 이럴 것도 다 예상 내였어요."

사람이라는 게 희한했다.

저 남자는 아니다. 저 남자는 최악이다. 결국 니 인생을 말아먹을 거다. 아무리 얘기해 줘도 여자는 그 남자를 택하고 자기 발등을 찍는다.

이런 종류는 방법이 없었다. 자기가 스스로 자기 멱살 잡고 끌고 가는데 어떻게 할까.

본능이었다.

생겨 먹은 대로 산다는 게 바로 여기에서 나온 말일 것이다.

"긋나? 이거 좀 섭섭하네. 미리 얘기를 해 주지……."

"미리 얘기해 드린들 귀에 들어갔을까요? 힌트도 귓방망이로도 안 듣더니."

"……! 맞다. 니 말이 맞다. 안 들어갔을 것 같다. 하아~ 그래서 니가 방도 얘기를 자꾸 했구나. 내가 이럴 줄 알고."

"그 방도가 궁금하세요?"

"아니. 지금은 그보다 더 궁금한 게 있다."

"뭔데요?"

"니는 우째서 내가 대통령이 된다 확신하노?"

물끄러미 본다.

의심은 아니었다. 해답 풀이를 원한다.

"간단해요."

"간단하다고? 지금 야당 기세가 어떤지 모르나? 아니지아
니지. 니가 그걸 모를 리는 없을 테고 그렇다면 내 생각에 방
법은 하나뿐인데. 내가 말해도 되나?"

"해 보세요."

"혹시 그 두 놈이 싸우나?"

"……."

피식 웃어 줬더니 탁자를 탁 친다.

"그렇구나! 그래서 니가 할 수 있다 칸 거구나. 가만……
그러면 이게 일이 어떻게 되지? 아니, 그렇게 두 손 꼭 잡고
다니던 놈들이, 지 부모보다도 더 친하게 보이던 놈들이 우째
서 싸우는데?"

"그것도 간단해요. 이무기가 어떻게 권력을 잡았나 되짚어
보세요."

"그야……!"

5.17 쿠데타였다.

당시 대통령이든 대통령 후보든 누구 한 사람이라도 제정신이 박혀 있었다면 전두한이 그리 날뛸 일은 없었을 것이다. 정권을 잡는 일도.

그만큼 김영산, 김대준 두 사람의 권력욕은 일반인의 상상을 아득히 초월하였다.

"권력엔 애비애미도 없다. 그 말이제?"

"당장에 아저씨도 저를 밀어내셨잖아요."

"커흠흠."

"제가 뭘 어떻게 한 것도 없는데, 단지 꺼림칙하다는 이유로 멀리하려 하셨죠. 아저씨 사정이 사면초가가 아니었다면 아마 우리도 그렇게 되었겠죠."

"······면목이 없다."

"괜찮아요. 저도 멀리할 생각이었거든요."

"뭐라꼬?!"

화들짝.

"오해는 하지 마세요. 아저씨의 의도와는 전혀 다른 방향성이니까."

"커흠흠."

"퇴임하시면 그때 봬요. 온전히 대통령직을 수행하시고."

"아아, 그 얘기였나? 하긴 대통령이 사적으로 누군가를 만나고 다니면 니도 그렇고 안 좋겠제?"

안심하는 표정이다.

당연히 여기에서 끝나면 안 된다.

만남을 다시 강조해 줬다.

"퇴임하시면 만날 거라고요. 그날이 지난 5년을 평가받는 날이라고요."

"평가?"

"그럼 이대로 김영산, 김대준 두 사람에게 제거당할 작정이세요?"

"아!"

노태운이 내 손을 잡았다.

"대운아."

"예."

"고마 내 진짜 미안하다. 그러고 보면 위기 때마다 니가 내를 지켜 줬는데 내는 고작 한 줌 권력 때문에 니를 꺼려했다. 내 혼자 뭐라도 된 양 굴었다. 용서해도고."

"용서할게요."

"진짜가?"

"예."

"이제 됐다. 됐어. 자, 인제부터 귀 딱 열고 들으께. 우짜면 내가 살 수 있노?"

"살 방도요? 이도 간단해요."

실로 간단했다.

자기가 높아지려 하지 않고 가장 낮아지면 된다.

가장 낮아져서 국민을 드높이면 된다.

그러면 김영산, 김대준도 더는 못 건든다. 국민이 면죄부를 줄 테니까.

"지금 선견그룹과 오가는 얘기부터 전부 취소하세요."

"엥?"

"못 들으셨어요?"

"대, 대운아, 니가 그걸 어떻게……."

"유공도 헐값에 주고 이것저것 대놓고 밀어준 거 알고 있어요. 따님과 사돈 맺으려는 계획도."

"허어……."

"돈이 그렇게 필요하세요?"

"아니, 그게……."

"명심하세요. 대통령은 5년. 재벌은 훨씬 길어요. 지금은 위세에 눌려 결혼하겠지만 사랑 없는 결혼이 행복하겠어요? 그래서 그 값까지 받아 놓는다 쳐요. 김영산, 김대준은 어떻게 피하실 생각이세요? 아마도 십 원 한 장까지 털어 개망신을 줄 거예요. 그들이 당했던 것과 똑같이."

"……."

"제발 그런 돈 좀 받지 마세요. 은퇴하고 저한테 오시면 그돈 하나도 안 아깝게 해 드릴게요. 그때가 되면 저도 돈에 관해선 우리나라에서 견줄 자가 없어질 테니까요."

"……."

꿍하다.

더 강조해 줬다.

"괜히 일호재단 같은 거 만들어서 빌미를 주지 마시라고요. 수갑 차고 법정으로 끌려가고 싶지 않으면."

전두한의 일호재단은 원래 아웅산 테러로 인해 순직한 희생자들의 유족을 챙기고자 만든 재단이다.

설립 취지는 참 좋았는데.

나중으로 들어서며 치부의 수단이 됐으니 조선 시대 우후죽순 세워졌던 서원과 다를 바가 없었다. 꼬리에 꼬리를 무는 비리는 덤이고.

더구나 전두한은 일호재단에서 모은 자금을 통해 평생 집권을 기도하기도 했으니 지금도 새세대 육영회, 새마음 심장재단, 새마을 운동 중앙회 등등 별스러운 것들이 난립하는 중이었다. 노태운도 초장부터 부숴 놓지 않는다면 뒷일을 감당하기 어려웠다.

"알았다. 내 선견그룹과 거래를 끊겠다. 돈 앞에서도 깨끗해지께. 이러면 되는 기가?"

큰 결심한 듯 굴었지만, 아직 멀었다.

"더 있어요."

"또 있어?"

"엄청 중요한 문제가 남았죠."

"뭔데?"

"5.18."

"아……."

탄성부터 나온다.

"안 될 것 같나요?"

"그기…… 이번 6.29 때 발표한 여덟 개 항에 그걸 넣으려 했거든."

"예."

"군부가 결사반대인 기라. 그래서 못 넣었다."

"잘 말씀하세요. 반대한 게 군부예요? 군인 몇몇이에요?"

"응?"

"반대하는 사람들이 군인들 전체예요? 별 단 몇몇이에요?"

"별 단…… 놈들이지."

"이참에 하나회도 쳐내세요."

"하나회마저?!"

"아저씨가 쳐내야 의미가 있죠. 과거 청산! 몰라요? 자기 죄과는 자기가 풀어야죠. 어차피 김영산이 집권하면 제일 먼저 할 일이 하나회 제거일 텐데 뭘 망설이세요?"

"……."

"일 점 의혹 없이 다 쳐내고 백주대낮에 싹 공개해 버리세요, 직접 사죄하시고요. 또 직접 광주를 찾아 무릎 꿇으세요."

"……꼭 그렇게까지 해야 하나?"

"아저씨가 안 해도 어차피 김영산이 할 거라고요. 먼저 하고 역사를 바로잡은 대통령이 되시겠어요? 아님, 잘못된 역사의 끝물을 탄 대통령이 되시겠어요? 김영산은 가능하다면 아저씨를 대통령직에서 지우려고도 할 거예요. 윗대, 그 윗대까지 전부다."

"하아…… 그 새끼는 정말 끝장을 볼 생각이가?"

"그러길래 왜 어설프게 사람을 건드려요. 아니다 싶음 깨끗하게 죽여 버리든가. 공범으로 만들든가."

"알았다. 알았어. 다 내 잘못이다. 내 잘못."

"앞의 두 개는 반드시 해내야 할 일이에요. 더불어 유신정권과 전 대통령의 비리 조사는 덤이고요."

"내 친구도 치라고?"

"그 사람을 쳐야 명분이 살죠. 그럼 두 분이서 사이좋게 감옥 가시려고요?"

"……."

"그러길래 어지간히 똥을 싸질러 놔야 치우기도 편하죠. 정권 잡아 한 짓이 매국노 때려잡은 것 빼고는 전부 국민을 울렸어요. 거대한 적도 두 명이나 만들고요. 싹 치우고 잘라내고 깨끗하게 씻기지 않으면 아저씨는 무조건 패망하게 돼있어요. 이래도 버티실 거면 전 일어나고요."

일어났다.

내 손을 얼른 잡는 노태운이었다.

"알았다. 알았다. 시키는 대로 다 할게. 하믄 되잖아. 갑자기 너무 큰 충격이라 잠시 망설인 것뿐이다."

"나중에 딴말하지 마세요."

"그기 내가 살 길이라는데 더 무슨 말을 하겠노?"

비리를 쌓지 않고 과거 청산까지 해 주는 것만으로도 역대급으로 훌륭한 대통령이라 할 수 있었다.

하지만 난 2020년을 본 남자였다.

이때가 아니면 바로 잡기 힘든 것들을 잘 알고 있었다.

"곁가지로 십수 가지 더 해 주실 일이 있는데. 한 번 들어보실래요?"

"또?"

≪봄이 오면 나 홀로 뜰 앞에 나와 거릴 걸었네. 아름답게 핀 들꽃을 바라보며 지난날을 생각하네. 밤이 오면 나 홀로 까만 밤하늘 바라보았네. 둥글게 비추는 하얀 달을 보며 그대를 생각하네.≫

김완서의 2집 타이틀 '나 홀로 뜰 앞에서'였다.

온 나라가 폭풍의 계절을 지나고 있음에도 유행가는 멈추지 않고 흘러나왔다.

김완서가 들어가자 이번엔 삼인조 댄스 그룹 소방찬이 들어왔다.

≪그녀에게 말해 주오. 내가 아파한다고. 그녀에게 말해 주오. 보고파 한다고. 우린 손가락을 건 적도 없고 자주 보지도 않았지만. 난 알아! 이게 시작인 것을…….≫

잡을까 하다가 놔준 그룹이었다.

어릴 적 친구들과 함께 따라 한 추억을 굳이 건드릴 필요가 있을까 해서.

그나마 즐거웠던, 몇 되지 않은 기억마저 내 장삿속으로 가져가긴 싫었기에 큰마음 먹고 놔줬다.

"이제 녹음실로 갈까요?"

"예."

김연과 함께 장혜린이 2집 타이틀인 '추억의 발라드' 가녹음 현장으로 갔다.

한창 부르는 중이다.

"괜찮네요."

"은근 이세근 작곡가와 호흡이 좋습니다. 다음 앨범도 밀어 보면 어떨까요?"

"3집은 하광운 작곡가에게 맡길 거예요."

"하광운이요? 아아, 걔가 내년에 전역이죠?"

"예, 혜린이 누나는 하광운의 감성과도 잘 맞아요."

"그렇습니까? 하긴 변진석이 작업할 때 보니까 상당히 짙
더군요."

"80년대 말은 짙은 감성이 대세가 될 거예요."

"그렇군요."

"다른 사람들은 어떻게 되고 있나요?"

"이문셈과 이영운이 작업에 돌입했고요. 얼핏 들어 보니까
곡들이 더 서정적이더라고요. 컨셉을 굳힌 것 같습니다."

"성공하겠죠."

"확신하십니까?"

확신뿐이겠나?

본역사에서도 비공식 280만 장이 넘게 나간 앨범인데.

피식 웃어 주니 김연도 슬쩍 다음으로 넘어갔다.

"박남전도 어울리는 작곡가를 찾았습니다."

"누군가요?"

"안지행이라고 실력이 괜찮습니다. 들어 보시겠습니까?"

"예."

생소한 이름이라 갸웃대는데 김연이 나를 댄스 연습실로
데려갔다.

박남전이 몇몇과 함께 안무를 구상 중이었다.

흘러나오는 곡을 들어 보니 '아! 바람이여'였다. 박남전의
데뷔곡.

군이 들어갈 필요가 없다 싶어 멈췄다.

"왜 그러시죠?"

"저 사람은 누군가요?"

"아! 박천우라고 저번에 가능성이 높다고 보고드렸던 그 친구입니다. 박남전을 도와주러 왔더라고요."

1+1인가?

"서로 돕고 사네요."

"예."

"들어갈 필요가 없겠어요. 잘하고 있네요. 음반 작업까지만 잘 들여다봐 주세요."

"알겠습니다."

다시 사무실로 돌아왔다.

이번엔 주현민의 '눈물의 블루스'가 흘러나오고 있었다.

≪오색등 네온빛이 손짓하듯 나를 불러 주는 밤. 가슴을 헤집듯 파고드는 색소폰 소리~ 아아 나를 스치네. 이 밤이 지나고 나면 떠날 그대이기에 당신 품에 안긴 채 무거운 눈을 감추네. 아아 블루스……. ≫

내가 주현민 노래를 참 좋아했다.

"변동된 사항이 있나요?"

"우리로선 달라진 건 없는데 위문 공연 일정이 한 달 딜레이됐습니다."

"위문 공연이라면……."

"미국 위문 공연 말입니다."

"아!"

올 10월에 출발하기로 한 일정이었다. 워싱턴부터 시작해 뉴욕 등지를 돌고 서부 LA까지 포함된 대형 이벤트.

"딜레이라면?"

"국민 투표가 10월 27일로 확정됐다고 하더라고요. 11월 1일에 출발하자고 연락 왔습니다."

고개를 끄덕여줬다.

제6공화국의 시대를 여는 국민 투표라.

위문 공연이 중요하다고는 하나 이에 비할 바는 아니었다.

"알았어요. 그렇게 알고 있을게요. 아 참, 나가실 때 정홍식 대표님 좀 불러 주시겠어요?"

"알겠습니다. 저는 이만 나가 보겠습니다."

잠시 후 정홍식이 들어왔고.

나는 본론부터 꺼냈다.

"일본 투자 기조에 변동이 생길 것 같아서요."

"그렇습니까?"

"이번에 보낸 금액은 일단 스톱 시켜 주세요."

"스톱이요? 알겠습니다."

"지금 당장요."

"아, 예."

바로 전화를 걸어 투자를 중지시키는 정홍식이었다.

<7권 끝>